btb
Aus Freude am Lesen

btb

Buch

Wenn die Familie Delbast am Meer Ferien macht, posieren auf den Familienfotos wie jedes Jahr: der Vater, die Mutter, die fünf Geschwister, das Hausmädchen. Fanny, die jüngste, ist nicht auf dem Foto – auf keinem, so scheint ihr. Sie ist der Nachkömmling, die »Nummer sechs«, wie der Vater sie gerne nennt. Der geliebte, stets anderweitig beschäftigte Vater, um dessen Anerkennung sie ein Leben lang kämpft. Jetzt ist er alt, und Fanny hat es übernommen, ihn zu versorgen. Eine letzte Chance für sie, ihn sich zurückzuholen. Zumal der Platz an seiner Seite seit dem Tod der Mutter frei geworden ist. Eine vorsichtige Annäherung findet statt: Ist der verwirrte alte Mann noch der Patriarch von früher? Was war er für ein Mensch, er, der ihr ganzes Leben geprägt hat? Während die Geschwister die Möbel und Bilder unter sich aufteilen, will Fanny nur die alten Briefe. Sie versucht aus jenen Sätzen, die Geschichte des Vaters und ihre eigene zusammenzusetzen.

Autorin

Véronique Olmi wurde 1962 in Nizza geboren und lebt heute mit ihren zwei Töchtern in Arles. Sie zählt in Frankreich zu den bekanntesten jungen Theaterautorinnen. Ihre Stücke werden auch in Deutschland und in der Schweiz gespielt. Ihr erster Roman »Meeresrand« wurde vom Feuilleton gefeiert und war Liebling der deutschen Leserinnen und Leser. Er wird gerade verfilmt, mit Sylvie Testud in der Hauptrolle.

Véronique Olmi bei btb

Meeresrand. Roman (73229)

Véronique Olmi

Nummer sechs

Roman

Aus dem Französischen
von Sigrid Vagt

btb

Die französische Originalausgabe erschien 2002 unter dem Titel »Numéro six« bei Actes Sud.

FSC
Mixed Sources
Product group from well-managed forests and other controlled sources

Cert no. GFA-COC-1223
www.fsc.org
© 1996 Forest Stewardship Council

Verlagsgruppe Random House FSC-DEU-0100
Das FSC-zertifizierte Papier *Munken Print* für Taschenbücher aus dem btb Verlag liefert Arctic Paper Munkedals AB, Schweden.

1. Auflage
Genehmigte Taschenbuchausgabe August 2005, btb Verlag
in der Verlagsgruppe Random House

Umschlaggestaltung: Design Team München
Umschlagfoto: Luigi Ghirri
Satz: Uhl + Massopust, Aalen
Druck und Einband: Clausen & Bosse, Leck
SR · Herstellung: Augustin Wiesbeck
Made in Germany
ISBN 3 442 73249-2

www.btb-verlag.de

FÜR MAXIME

Sie sind alle am Strand. Man könnte meinen, er gehört ihnen. Die Familie Delbast. Der Vater. Die Mutter. Die sechs Kinder – ja, auch der älteste Sohn ist da, was für eine Überraschung! Die anderen, die Badegäste, die Touristen, sind nach Hause gegangen. Es ist Abend. Maria, das Hausmädchen, hält sich abseits und schaut, von Spanien träumend, aufs Meer.

Man beschließt, ein Familienfoto zu machen. Die Sonne ist noch nicht untergegangen, das Licht ist schön. Der Vater hat seine Hose hochgekrempelt, er steht mit beiden Füßen im Wasser, gleich wird er die Aufnahme machen. Die Kinder haben sich um die Mutter gruppiert: die jüngeren zu ihren Füßen, die älteren stehend, hinter ihr, wie um sie zu beschützen. Der Vater fordert sie auf, sich nicht mehr zu bewegen und in die Kamera zu lächeln. Er guckt durch seine Leica. Ein paar Sekunden, dann hebt er beunruhigt den Kopf. Er schaut sie alle einzeln an. Er zählt sie. Er zählt noch einmal. Ihn packt die Wut. Die jüngste, Fanny, ist nicht im Bild. Ist nicht in der Gruppe. Ist nicht am Strand.

Ich bin langsam ins Meer hineingegangen. Mir war nicht kalt. Ich hatte keine Angst. Das Meer hat mich nicht überrascht, es hat mich aufgenommen, sich vor mir aufgetan.

Ich bin vorwärts gegangen und habe mit beiden Händen den blauen Hut festgehalten, der so gut zu meinem Kleid paßte. Ich bin vorwärts gegangen, den Blick immer geradeaus. Sehr rasch war ich mit dem Kleid unter Wasser. Ich hatte noch immer keine Angst. Das Meer war nicht unermeßlich. Es war mir angemessen, ich verlief mich nicht darin, ich ging spazieren. Als das Wasser auch mein Gesicht erreichte, habe ich mich noch fester an meinen Hut geklammert. Es war angenehm. Tiefe Stille. Dann nichts mehr. Ich bin umgesunken.

Du hast meinen blauen Hut auf der leeren Wasseroberfläche schwimmen sehen. Du hast den Fotoapparat fallen lassen und bist hineingesprungen.

Du hast mich auf den Sand zurückgebracht.

Ich lebe.

Mein Platz ist der letzte. Ich bin die letzte in der Familie, die Nummer sechs, wie ich manchmal vorgestellt werde. Ein Nachkömmling. Mama dachte, sie hätte die Schwangerschaften endlich hinter sich, die Wechseljahre kündigten sich an. Doch da kam ich.

Patrice, der Älteste, war zwanzig und schon fast aus dem Haus. Christophe, der fünfte, war zehn, ich schloß mit meiner Ankunft einen Kreis, der sich bereits geöffnet hatte.

Du, mein Vater, warst fünfzig.

So alt wie ich heute.

Es ist sozusagen unser Geburtstag.

Man dachte, ich würde ein mongoloides Kind, aus einem ermüdeten Eierstock erzeugt, mit wenig tauglichen Chromosomen. Abtreibung kam nicht in Frage. Wir sind praktizierende Katholiken. Ich mache mir keine Illusionen: Eine Fehlgeburt muß erwünscht gewesen sein.

Ich habe mich festgeklammert.

Meine Geburt hat den Argwohn nicht zerstreut. Drei Tage lang wurden Tests mit mir veranstaltet: Kann ich meinen Kopf halten, trinke ich kräftig, habe ich die richtigen Reflexe?

Ich bin normal.

Der Schweif des Kometen.

Du bist hundert Jahre alt. Schon seit langem wirst du mit jedem Jahr ein wenig hinfälliger. Jede Minute, die vergeht, nutzt dich langsam ab. Du bist ein alter Kiesel, verschliffen von der Zeit.

Ich kümmere mich um dich. Ich habe das Altersheim gefunden, ganz in meiner Nähe. Niemand konnte dich zu sich nehmen. Die Älteren haben große Wohnungen und ein bewegtes Leben: die Kinder, die Enkelkinder, die Reisen, die Wohltätigkeitsveranstaltungen... Ich habe eine winzige Wohnung, die ich mit Agathe, meiner fünfzehnjährigen Tochter, teile, und die Arbeitszeiten einer Sekretärin.

Ich habe meine ganze Kraft darauf verwendet, diesen Ort zu finden. Ich wollte dich nah bei mir haben. Abhängig von mir. Was für eine Erleichterung für die Älteren, sie wollten es kaum glauben, sie sagten, sie könnten zahlen, der Preis solle kein Hindernis sein, vor allem solle mich nichts von meiner Suche abhalten.

Nichts hat mich abgehalten.

Und du, du sprichst heute nicht mehr. Fast nicht mehr.

Aber du bist da.

Heute ist Samstag. Ich arbeite nicht. Du ißt bei mir zu Mittag. Ich habe dir geholfen, im Wohnzimmer Platz zu nehmen. Du sitzt und wartest.

Weißt du, auf wen du wartest? Auf Agathe, auf mich, auf deine Frau, deine Mutter? Die Abwesenheit vereint uns wieder, die Lebenden und die Toten, was dir fehlt, ist ein geliebtes Gesicht, aber wen liebst du? Oft fragst du mich, wo ist Mama, du zwingst mich, die Geschichte ihres Todes noch einmal zu erzählen: »Mama ist Weihnachten vor zehn Jahren gestorben, Papa.« Du weißt es schon, aber du findest dich nicht damit ab, du willst die Bestätigung, du sagst: »Das ist ja schrecklich... schrecklich...«, und du siehst mich an, bestürzt, erstaunt.

Soll ich mein Leben damit zubringen, den Tod meiner Mutter zu verkünden?

Heute wird sich Agathe zu dir setzen. Sie wird deine Hand nehmen, und ihr werdet nichts sagen.

Ja, sie wird da sein. Eine Weile. Zum Essen wenigstens. Danach... Danach werde ich mir Sorgen machen. Sie wird mit ihrer Clique unterwegs sein. Ich kenne ihre Freunde kaum. Ich möchte sie kennenlernen und auch wieder nicht. Ich will die Situation im Griff behalten, und ich will Agathe ihre Freiheit lassen. Ich will sie warnen, und ich habe Angst, überall das Böse zu sehen. Ist das Böse überall? Alles, was man in der Zeitung liest: Gewalt, Gruppenvergewaltigungen, Drogen, Erpressung, all das gibt es, niemand ist dafür prädestiniert, das Böse ist immer eine Überrumpelung, ein Eindringen in das Leben, das man sich erträumt hat. Wo verbringt sie ihre Nachmittage, meine Tochter? Ich setze Grenzen. Sie überschreitet sie. An guten Tagen sage ich mir, daß man durch Überschreitung lernt. In dunklen Augenblikken sage ich mir, daß sie mich belügt. Dränge ich sie zum Lügen, stutze ich ihr die Flügel, oder beschütze ich sie?

Sie wird es mir sagen, später. Wenn die Zeit der Vorwürfe kommt.

Ich werfe dir nichts vor.

Ich erinnere mich.

Ich war oft allein zu Haus, mit Maria. Das Haus war schön, aber Marias Zimmer war schäbig: ein düsteres Zimmer hinter der Küche, das auf einen winzigen Hof mit hohen, dunklen Mauern hinausging. Im Zimmer des Hausmädchens mußte man immer Licht brennen haben. Doch es blieb düster. Auch bei Licht.

Ich setzte mich auf ihr Bett – es gab keinen anderen Platz, wohin man sich hätte setzen können. Sie brachte mir das Stricken bei. Sie strickte die ganze Zeit, sobald sie eine freie Minute hatte, strickte sie. Es war ihre Art, »ich liebe dich« zu sagen. Sie strickte große, beigefarbene Pullover für ihre Kinder. Ich fand sie sehr häßlich. Ich dachte, ihre Kinder hätten nichts Besseres verdient, es wären doofe Kinder mit doofen Pullovern. Sie schickte die Pullover nach Spanien.

Ich hab es nie fertiggebracht zu stricken. Nicht mal

nur rechte Maschen, nicht mal Schals, auch nicht ganz gerade, einfarbige, nie. Wahrscheinlich sind die Nadeln zu gerade für mich. Meine Finger zappeln und kommen mit dieser Starrheit nicht zurecht.

Marias Ankunft ist genauso düster wie das Zimmer, in das man sie gesteckt hat. Marias Ankunft ist ein Ereignis. Für mich.

Maria hat nicht an der Tür geklingelt. Wir haben sie auf der Straße getroffen. Dort hat sie auf uns gewartet. Zusammen mit anderen Frauen. Alle in Schwarz, auf dem Platz. Mit ihren kleinen Koffern in der Hand.

Mama ist mit Freundinnen da. In Scharen sind sie gekommen, um sich eine Haushaltshilfe zu suchen. Wie hat jede ihre eigene herausgefunden? Wurde die Auswahl vor der Ankunft getroffen oder an Ort und Stelle? Nach dem Augenschein?

Die Spanierinnen sind zu mieten – für ein Butterbrot. Mama und ihre Freundinnen sagen, die spanischen Haushaltshilfen arbeiten besser als die Französinnen, auch wenn Perlen rar sind. Wenn eine Freundin von Mama von ihrer Hausangestellten sagt, »Sie ist eine Perle«, sind die anderen voller Neid und Bewunderung, aber auch erleichtert, daß es überhaupt so etwas gibt.

Wissen die Haushaltshilfen, daß sie mit Juwelen verglichen werden?

Sie sind beeindruckend, alle diese Frauen in Schwarz auf dem Platz. Die darauf warten, daß andere Frauen sie auswählen. Sie haben Angst. Eher vor sich selbst als vor der Chefin. Bei der Chefin sind sie auf alles gefaßt, sie sind bereit. Aber sie haben Angst, die Trennung von ihren Kleinen nicht zu ertragen – die meisten sind Familienmütter –, Angst, krank zu werden, Angst, auf diesem Platz vielleicht nicht ausgewählt zu werden. Doch jede hat eine Chefin gefunden. Das ergab Paare, seltsame Frauenpaare: die Dame und die Hausangestellte. Zwischen ihnen: das Geld.

Du, du hast dein Leben lang gearbeitet. Zu Hause sah man dich wenig. Wenn du da warst, klingelte das Telefon. Und du bist wieder gegangen. Alle diese Leute, die dich brauchten und die wußten, wie man das sagt. Du warst Arzt, sie waren krank.

Ich wurde krank.

Ihr sitzt alle bei Tisch. Die Eltern, die Onkel und Tanten, die Cousins und Cousinen. Es ist eine Familie mit lauter Geschwistern, Ähnlichkeiten und Blutsbanden, doch wir sind so viele, das Blut verdünnt sich, man vergleicht uns, mißt uns, verwechselt manchmal sogar unsere Vornamen: Du hast mich selten »Fanny« genannt. Du sagtest »Marie« oder »Louise«, wenn du mich ansprachst, aber Marie und Louise, das waren die anderen, meine älteren Schwestern. Ich antwortete trotzdem.

Ihr sitzt bei Tisch. Erwachsenentisch. Kindertisch. Getrennt. Die Gespräche werden nicht vermischt. Die Aufsicht ist gelockert, ich konnte aufstehen, ohne ausgeschimpft zu werden. Ich beobachte die Kinder. Aber sie bemerken mich, und eins von ihnen fängt an zu schreien. Die anderen machen es ihm nach. Ich verderbe ihnen den Appetit. Das hat seinen Grund.

Ich sabbere wie eine Kröte. Ich kann nicht mehr sprechen. Nicht mehr schlucken. Ich kann nur noch sabbern. Mein Hals hat sich entzündet, mein Leben ist mir im Hals steckengeblieben.

Akute, infektiöse rheumatoide Arthritis. Eine langwierige Krankheit, die mit zwei Buchstaben abgekürzt wird: RA. Diese Infektion, die sehr schmerzhaft ist, bei der die Gelenke so weh tun, daß selbst die Berührung mit dem Bettlaken unerträglich ist, habe ich, ohne es zu wissen, simuliert.

Ich habe nie Schmerzen gehabt.

Ich blieb ein Jahr ans Bett gefesselt. Bekam sieben Jahre lang Antibiotika gespritzt.

Du hast dich geweigert, mich zu behandeln. »Ein Arzt behandelt seine eigene Familie nicht.«

Du hast mich zu einem Kollegen geschickt.

Ich bin krank. Ich verbringe meine Tage im Bett. Draußen lebt ihr euer Leben.

Patrice, mein Bruder, ist verheiratet und Familienvater. Er leitet einen Baubetrieb. Du bist stolz auf ihn. Er ist stolz auf dich. Ihr dient einander als Spiegel.

Manchmal lädt er euch am Sonntagnachmittag ein, Mama und dich. Seine Frau, Micheline, fühlt sich verpflichtet, euch gern zu haben. Es gelingt ihr gut. Ich frage mich, wie sie es schafft, daß sich ihre Haare halten, ein komplizierter Knoten voller Spray und Haarnadeln. In Wirklichkeit ist sie es, die ich nicht verstehe, sie ist wie ihre Frisur: straff, fest, künstlich. Der Lauf der Welt wurde ihr im Katechismusunterricht vermittelt, sie hält sich an die Gebote des Papstes ebenso peinlich genau wie an ein Küchenrezept.

Ich frage mich, wie sie abends aussieht, wenn sie ins Bett geht, wenn ihre gesprayten Haare aufgelöst sind.

Mama macht keinerlei Konzessionen. Sie sagt: »Die kleine Micheline ist nicht intelligent.« Was ja für eine Frau nicht schlimm ist. Und weiter: »Aber sie ist eine gute Hausfrau und Mutter.« Die ideale Schwiegertochter. Dem Sohn unterlegen. Aber imstande, seine Kinder großzuziehen.

Sonntagmittags esse ich während dieses Krankenjahres mit Maria. Ich kapiere nicht, daß ich ihr den einzigen freien Tag verderbe und sie am Ausgehen hindere. Manchmal lädt sie ihre Freundinnen, die anderen Hausangestellten, in ihr Zimmer ein. Sie kochen sich Kaffee, reden, stundenlang, als ob sie ihr Herz ausschütten, ich verstehe nicht, was sie sagen.

Also stell ich es mir vor.

Ich rede mit mir selbst, ich gebe Nachricht von den Kindern (nicht eine Sekunde denke ich daran, daß ihre Mutter ihnen fehlen könnte, ich gehe davon aus, daß es in allen Familien so ist wie bei uns: Eltern, Geschwister und die spanische Hausangestellte).

Ich spreche auch von den Herrschaften. Ich stelle mir vor, daß Maria erzählt, wie meine Brüder sie schubsen, und wie sie schimpfen, wenn ihre Reitstiefel schlecht geputzt sind. Doch Maria rächt sich: Sie erzählt ihren Freundinnen, die Jungen seien zurückgeblieben, sie sind schon über zwanzig und leben immer noch bei den Eltern, sie studieren und werden nicht fertig. Auch meine Schwestern attackiere ich. Meine Schwestern, die du niemals »Fanny« nennst, die du nicht verwechselst: Louise und Marie. Die Schöne und die Kluge. Ja, so sagt man. Man sagt: »Louise ist hübsch. Marie ist intelligent.« Was bleibt mir? Ich erzähle von ihren mißglückten Liebesgeschichten, von Maries Liaison mit einem verheirateten Mann, ich möchte so gern, daß du es erfährst, daß du ein für allemal enttäuscht bist, daß du aufhörst, sie aus falschen Gründen zu lieben. Ich erkläre, wie schlecht Louise ist, daß ich Ohrfeigen von ihr kassiere, sobald sie sich aufregt. Nicht die Schöne und die Kluge. Sondern die Lügnerin und die Böse.

So führe ich, während sich die Hausangestellten unterhalten, im stillen mein Gespräch. Ich vertreibe meinen Groll, ziehe Bilanz aus meinen Tagen. Manchmal beschimpfe ich meine Mutter. Ich habe das Recht dazu. Nicht ich spreche ja, sondern eine Hausangestellte.

Beim ersten Mal allerdings habe ich meine Mutter nicht auf spanisch beschimpft. Ich tat es in meiner Muttersprache. Eines Abends, ich lag noch nicht lange im Bett, hatten mich gleich nach dem Einschlafen Angst und Schrecken überfallen. Ich war aufgewacht und fühlte mich verloren, das Zimmer hatte sich verwandelt und bedrohte mich mit seinen Schatten und seiner falschen Stille. Instinktiv stand ich auf und lief zu Mama. Ihr saßt beide im kleinen Wohnzimmer bei einem Glas Cognac. Als Mama mich sah, schickte sie mich sofort in mein Zimmer zurück, ein kurzer Befehl, der keinen Widerspruch duldete. Du hast dich nicht eingemischt.

Ich ging wieder ins Bett, und um meine Angst in Schach zu halten, habe ich meine Mutter beschimpft. Um stark zu sein. Um Widerstand zu leisten. Ich habe sie inbrünstig gehaßt. Ich wußte nicht, daß ich dazu fähig war, daß es möglich war, die eigene Mutter zu verabscheuen. Ich habe gelernt. Später habe ich weitergemacht.

Jetzt weiß ich auch, daß man jeden geliebten Menschen hassen kann. Für Augenblicke. Aus Schmerz.

Als ich klein war, hast du eines Tages zu mir gesagt: »Vor deiner Mutter hatte ich eine Verlobte.« Das war eine schreckliche Neuigkeit, so beschämend, daß man sie mir verheimlicht hatte. Du hast über mein dummes Gesicht gelacht und hast gesagt: »Sie hieß Marianne.« Ich war den Tränen nah, schockiert, zutiefst verletzt. Du hast dir nicht die Mühe gemacht, es mir zu erklären. Das tat dann Jacques. »Du Dummerchen!« sagte er. »Marianne… weißt du nicht, wer das ist?«

»Nein.«

»Marianne ist Frankreich! Mit Marianne verlobt zu sein heißt, im Krieg zu kämpfen, wie Papa!«

Der Krieg.

Der Krieg warst du. Zu Recht hast du von Verlobung gesprochen.

Und sie wurde zur Obsession. Diese Verlobte. Ich wollte sie kennenlernen. Verstehen, wie weit du für sie gegangen warst, was du ertragen hattest.

Der Krieg und du. Ein und dieselbe Person.

Krieg, das bedeutet zuerst einmal Stille.

Man muß still sein im Haus.

Du liegst. Im Halbdunkel. Du hast Migräne. »Papa hat Migräne«, dieser Satz, den ich meine ganze Kindheit über hörte, bedeutet Unterbrechung allen Tuns, zugezogene Vorhänge und Warten: Wann kommst du aus deinem Zimmer? Wann gibst du das Zeichen, daß unser Leben weitergeht?

Ich darf nicht mehr spielen, die Älteren dürfen keine Musik mehr machen oder hören, weder lachen noch laut telefonieren, die Treppen rauf- und runterlaufen oder im Haus umhergehen.

Maria macht sich ans Bügeln oder putzt Fenster. Mama wacht bei dir.

Die Migräne kommt vom Krieg. Ein Granatsplitter in deinem Schädel. Der Krieg ist dir in den Kopf gefahren und wird nie wieder rauskommen.

Ich wußte nicht, daß Krieg vor allem Lärm ist. Daß viele Soldaten mit geplatzten Trommelfellen heimgekehrt sind, daß der Lärm seine Vibrationen für immer in euren Körpern hinterlassen hat. Ist das der Grund, weshalb deine Hände zittern? Deine großen Hände, die flach auf deinen Knien liegen, in dieser ewigen Wartehaltung, die du jetzt einnimmst.

Der Lärm wühlt die Erde auf. Die Erde bebt, sie brodelt, hebt sich zum Himmel und fällt wieder herab. Ein Donnern, das die Landschaft zerbersten läßt, sie aufreißt. Der Boden wird gestampft, die Luft kracht, die Bäume brechen. Du erstickst. Beißender gelber Rauch dringt in dich ein: Nase, Mund, Augen, ja selbst die Poren der Haut, alles atmet das Gift. Dein Mund schreit, aber der Rauch verschluckt die Töne, er macht dich stumm und ohnmächtig, aber du mußt doch rufen. Du mußt weiter, der Mann da, ganz in der Nähe, er muß gerettet werden. Kriech zu ihm! Emile! Du kannst etwas für ihn tun, er ist so nah, ist noch am Leben, so sehr dein Bruder, du willst es, du willst Emile, du willst ihm sagen, daß du da bist, du schaffst es nicht bis zu ihm hin, aber du bist da, du denkst nur an ihn, du wirst ihn nicht allein lassen, ihr seid zusammen, für immer.

Die Erde birst. Ein Vulkan ohne Feuer, ein Zorn ohne Götter.

Der Rauch hat dich ausgetrocknet, hat dir das Wasser aus dem Körper gesogen, das Blut aus den Adern, du wirst zum Durst, du bist nichts mehr als Durst. Du hustest, du erstickst. Die Zunge schwillt an, wölbt sich, wird rissig und platzt unter dem Gaumen auf. Emile ist ganz nah, allein, noch am Leben, du willst die Arme nach ihm ausstrecken, aber der Durst und der Husten nageln dich an den Boden, ziehen dich, halten dich zurück… halten dich zurück…

Und er stirbt. Neben dir.

Du hast es nicht geschafft. Du hast deinen Bruder nicht gerettet.

Dieser Alptraum ist ewig. Manchmal läßt er dich lauthals phantasieren, manchmal still weinen.

Ich weiß nicht, was ich schlimmer finde.

Das schlimmste ist: Dieser Alptraum ist wahr. Du hast deinen Bruder nicht gerettet.

Du warst nie stolz darauf, den Krieg gewonnen zu haben. Du hast nichts gewonnen. Du bist schuldig zurückgekommen. Emiles Tod sitzt tiefer in deinem Schädel als der Granatsplitter.

Als Kind preßte ich mir das Kopfkissen auf die Ohren, wenn ich dich phantasieren hörte. Ich hatte

Angst vor deinen Schreien, manchmal fielst du aus dem Bett, das sah dir nicht ähnlich, dir, dem Doktor Delbast, dem Familienoberhaupt. Du büßtest deinen Platz ein, und ich war verwirrt. Ich hörte, wie Mama sanft auf dich einredete, so sanft, wie sie zu ihren Kindern nie war. Mit dir entdeckte sie verborgene, ungeahnte Gefühle. Sie liebte dich.

Jetzt kommt es vor, daß du bei mir Alpträume hast, samstags während des Mittagsschlafs, in Agathes schmalem Bett. Ja, nach dem Essen bringe ich dich in Agathes Zimmer, dieses Zimmer, das nach Amber und Weihrauch riecht, und ich weiß, das magst du, vor allem den Weihrauch. Diesen Geruch nach Kirche.

Du mochtest Kirchen. Du mochtest auch die Messen.

Im Krieg bist du oft zur Messe gegangen. Um zu singen. Du leitest den Chor oder singst als Solist – mit deiner Tenorstimme –, manchmal wirst du sogar dafür bezahlt. Wenn du in der Etappe bist, bittet man dich zu Hochzeiten und Kommunionsfeiern… der singende Soldat. Die Musik ist dein Widerstand, eine Form des Überlebens.

Gern hast du auch nach dem Essen gesungen, wenn Besuch da war.

Du bietest es niemals an. Du wartest, bis man dich bittet, auch wenn du es brennend gern möchtest. Du singst Faust, die Arie des Valentin: »Da ich nun verlassen soll mein geliebtes Heimatland.« Ich liebe dieses Stück, diesen Mann, der in den Krieg zieht und seine Schwester Gott anvertraut. Als die kleine Schwester von allen bin ich niemandes Schwester. Beim Singen streckst du den rechten Arm vor, schaust über die Gäste weg, es macht dir riesigen Spaß. Die Freude verjüngt dich, gibt dir etwas Schalkhaftes, macht dich weniger streng. Die Gäste bewundern und achten dich. Du bringst sie zum Träumen. Man fühlt sich wohl, wenn alle um dich versammelt sind. Maria kommt aus ihrer Küche und hört dir von der Türschwelle aus zu. Sie klatscht nicht. Sie verschwindet stillschweigend, sobald der Applaus losbricht. Sie wartet und kommt erst wieder, wenn Mama nach ihr schellt.

Jetzt begleitet dich niemand mehr zur Messe. Niemand bittet dich mehr zu singen.

Samstags legst du dich in Agathes Bett. Du nimmst allen Raum ein. Seit Mama tot ist, hast du nie mehr in einem Doppelbett, hast du nie mehr in deinem Bett geschlafen, es wurde einem meiner Brüder gegeben, ich weiß nicht mehr, welchem, sie haben sich alles geteilt, ich habe nicht versucht, es zu verstehen. Nachdem Mama gestorben war, konntest du nicht allein bleiben. Deine Möbel, dein Geschirr, deine Bücher, dein altes Radio, alles ist vor dir verschwunden, als wärst du im Rückstand hinter deinen persönlichen Sachen.

Die Welt um dich herum ist zusammengeschrumpft. Du hast dein Bett verlassen, du hast dein Haus verlassen... Deine Welt ist eine kleine Welt. Eine reduzierte Welt.

Die Älteren haben sich alles geteilt. Mit ihrem Sinn für Geld haben sie deine Bilder, deine Möbel zu taxieren gewußt und in ihren geräumigen Wohnungen untergebracht, die so hell und so großzügig sind. Ich habe den besten Teil bekommen, das, was ich wollte, deine Kriegsbriefe. Es war schwierig. Patrice war dagegen. Er hatte sie nicht gelesen, aber er legte Wert darauf. Er sagte, sie gehörten zu deinen Papieren, man dürfe die Dokumente nicht auseinanderreißen, ich schlug vor, er solle mir auch die Papiere geben, er sagte, die gingen mich nichts an. Sie haben untereinander diskutiert. Man bot mir das Küchengeschirr an. Ich ließ das Wort Notar fallen. Sie rückten den Packen heraus. Den Packen Briefe.

So konnte ich den Lauf der Zeit zurückverfolgen.

Der erste Brief ist keiner von dir, sondern ein Brief von Emile.

»Mein lieber frischgebackener kleiner Rekrut, wie geht es Dir jetzt? Ich höre nichts mehr von Dir, aber ich hoffe, Deine Krankheit ist nicht allzu schlimm. In wenigen Tagen komme ich wahrscheinlich als Leutnant zur Infanterie.

Dein alter Bruder Emile.«

Deine Krankheit war nicht schlimm, aber dein alter Bruder blieb für immer jung. Heute könnte er mein Sohn sein. Er starb zwei Wochen, nachdem er diesen Brief geschrieben hatte. Du mußtest den Leichnam identifizieren, die Eltern benachrichtigen und dann wieder in den Kampf zurück, um die Emiles von gegenüber zu töten.

Später bist du Arzt geworden. Du wurdest der, der heilt. Der rettet. Doch es hat alles nichts geholfen.

In diesen Kriegsbriefen habe ich dich gesucht. Aber nicht meinen Vater habe ich gefunden. Sondern einen jungen Mann, der an seine Eltern schreibt und mit »Euer kleiner Louis« unterzeichnet. Ich habe nie gehört, daß dich jemand »kleiner Louis« nannte, ich habe nie gehört, daß du dich so vorgestellt hast. Wann hast du aufgehört, der »kleine Louis« zu sein? Man nannte dich oft »Delbast«. Das hatte etwas Autoritäres, was dir sicher gefiel. Delbast hatte einen Ruf. Als guter Arzt. Du warst auch »Papa«, »mein Liebling«, du warst mehrere Personen auf einmal, jeder hatte dich auf seine Weise, nach seinem Maß.

Bestimmt hätte ich ihn sehr geliebt, den kleinen Louis. Niedergedrückt von Tornister und Befehlen. Klein Louis im Krieg, der ständig seine Eltern um Geld bittet, denn der Krieg ist für die Soldaten teuer. Du brauchst Geld für Essen, wenn du in der Etappe bist, für die Frauen, die dir die Wäsche waschen und ausbessern. Du bekommst auch Päckchen geschickt: Duval-Suppen, Kleidung, Mittel gegen Läuse, Batterien, Socken... Wie machen das die Soldaten ohne Familie? Du gibst ihre Namen an deine Eltern weiter, du bittest sie, ihnen Paten zu suchen, und du teilst deine Päckchen mit ihnen. Aber die Soldaten danken es Klein Louis nicht. Für sie bist du der Gefreite Delbast. Der »Schütze Arsch«.

Ich trage immer noch deinen Namen. Du hast es mir oft vorgeworfen. Ich wollte diesen Namen nicht aufgeben und dafür den eines anderen Mannes annehmen. Wie hießen die anderen Männer? Ich erinnere mich kaum noch. Der Mann meines Lebens bist du.

Wenn ich hätte heiraten wollen, dann nur aus einem einzigen Grund: um in der Kirche zu heiraten. Nicht um der Religion willen.

Um an deinem Arm die Kirche zu betreten. Sie wäre voll gewesen. Wir wären langsam den Mittelgang entlanggeschritten.

Und niemals, niemals hätten wir den Altar erreicht.

Als ich deine Korrespondenz entdeckte, als ich anfing, sie zu lesen, kam ich mir indiskret vor. Ich wühlte in deiner Geschichte, ich mischte mich zwischen dich und deine Eltern ein, das war schamlos. Durfte ich das?

Doch dann hatte ich eines Nachts einen Traum.

Ich träumte von deinem Sessel. Diesem schlichten, geraden Lehnsessel, gelber Velours und zwei Armlehnen aus Holz. Nach jedem Essen hast du dich hineingesetzt, hast mit Mama deinen Kaffee getrunken und deine Zeitung gelesen. Niemand außer dir saß jemals dort. Nicht einmal die Katze traute sich hinauf. Jetzt steht er bei Marie. In meinem Traum ist es ein Doppelsessel – genauer gesagt, ein Plaudersofa. Der Samt ist rot, die beiden Sitze hängen zusammen, zwei miteinander verbundene Zwillingssessel.

Ich durfte es.

Ich habe dich immer bewundert, wenn du aufs Pferd gestiegen bist.

Bei einem Pferderennen kann ich stundenlang im Regen stehen, um dich anzufeuern. Die Älteren flirten in den Pferdeställen mit den Söhnen und Töchtern aus gutem Hause. Mich benutzt man als Botin. Ich überbringe Liebesbriefe, ich melde Betrügereien, ich gebe Geständnisse weiter. Ich laufe vom einen zum andern, ich mache mich unentbehrlich.

Doch wenn du an die Reihe kommst, lasse ich alles stehen und liegen. Übers Mikro höre ich deinen Namen, ich bin sicher, daß alle dich erwarten, daß dein öffentlich ausgesprochener Name für alle ein Ereignis ist. Es zieht mir das Herz zusammen, wenn ich das Glöckchen höre, das den Start ankündigt. Du hast alles im Griff. Das Tempo. Den Schwung. Die Kraft. Du wirst eins mit deinem Pferd, dein Körper ist wie dafür geschaffen, seiner Bewegung zu folgen, es zu führen. Ich feuere dich schweigend an, die Wörter verheddern sich in mir, du überrennst mich, die Hufe deines Pferdes tun mir weh, ich möchte meine Bewunderung hinausschreien. Doch es sind die Älteren, die dir gratulieren. Sie haben die Worte dafür. Die Fachausdrücke und die passenden Redensarten.

Ich weiß mich zu rächen. Ich weiß, wie ich ihnen eins auswischen kann. In ihren Techtelmechteln bringe ich alles durcheinander, ich erfinde Lügengeschichten, Vertraulichkeiten, wie eine Kammerzofe im Theater. Vor allem Jacques lege ich gerne rein. Jacques, der sich für einen Künstler hält und sich Wutanfälle leistet wie eine Diva. Mama hat in solchen Augenblicken Angst vor ihm, sie fürchtet seine Ausbrüche. Er zerschlägt Flaschen, wirft Stühle um, beschimpft Maria, und dann wird er plötzlich euphorisch. Er liebt alle, er sagt, »*te quiero mucho Maria!*«, und faßt sie dabei um die Taille. Ich hasse ihn. Er macht Skulpturen. Aber er ist unbegabt. Er macht Skulpturen, um sich als Künstler aufspielen zu können.

Heute lebt er wie ein Pascha und wählt die extreme Rechte. Er ist fünfundsechzig und hat Angst. Ich glaube, er hatte schon immer Angst.

Eines Tages kam mir der Gedanke, wenn ich so würde wie er, würdest du mich vielleicht auch so lieben wie ihn. Wir saßen bei Tisch. Ihr unterhieltet euch. Auf einmal beschloß ich, mir ebenfalls einen üblen Charakter und eine vertrackte Persönlichkeit zuzulegen. Maria räumte gerade die Suppenteller ab, als ich mich plötzlich sagen hörte: »Das war ungenießbar, Maria!« Du hast mich gezwungen, mich zu entschuldigen und vom Tisch aufzustehen. Es hat dich nicht länger als fünfzehn Sekunden beschäftigt. Aber am schlimmsten war, daß Maria nichts gesagt hat. Sie mochte mich nicht. Ich war das Kind ihrer Chefin. Vielleicht wurde sie sogar dafür bezahlt, daß sie mir das Stricken beibrachte.

Ich hatte niemanden enttäuscht. Weder das Dienstmädchen. Noch meinen Vater.

Sie erwarteten nichts.

Jetzt wartest du die ganze Zeit. Agathe wird aus der Schule kommen und sich zu dir setzen.

Sie ist die Enkelin, die du am häufigsten siehst. Die Kinder der Älteren hast du vielleicht schon vergessen. Ironie des Schicksals.

Als wir das letzte Mal bei Jacques zum Essen waren... All die vielen Leute! Seine Frau, seine drei Kinder, seine acht Enkelkinder, Agathe und ich... und du. Müde und still. Verwirrt. Und traurig darüber.

Wir waren zu Besuch. Alle hatten sich um dich versammelt, aber niemand sprach mit dir. Man redete über dich, als wärst du gar nicht da. Man rief Erinnerungen wach, die du nicht verstanden hast, man erinnerte sich an Szenen aus der Familienanthologie, die von Generation zu Generation weitererzählt werden und niemanden mehr interessieren.

Du hast das ganze Essen über durchgehalten. Mitten in dieser oberflächlichen Munterkeit, dem übertriebenen Gelächter. Schließlich hast du deinen Stuhl zurückgeschoben, hast dich mit unsicherer Hand auf den Tisch gestützt, Jacques' Enkelkinder schrien: »Ein Lied! Ein Lied!«, und schlugen dabei mit ihren Gabeln auf den Tisch. Man muß ihnen erzählt haben, daß Großvater früher nach dem Essen immer Faust gesungen hat. Sie waren höflich. Mit der Hand hast du ihnen bedeutet, still zu sein, eine zittrige, müde kleine Geste, die nur Agathe verstanden hat. Sie ist zu dir gegangen und hat dich gestützt. Du hast zu ihr gesagt: »Ich möchte mich hinlegen«, und Jacques' Frau hat gerufen: »Im blauen Zimmer! Im blauen Zimmer! Im ersten Stock!«, als wäre Agathe taub. Dann hat sie noch geseufzt: »Ich hab eine Plastikunterlage draufgelegt!«

Das erste Mal ist es dir auf der Straße passiert. Ich hatte euch besucht, Mama und dich, wir beide waren auf dem Markt. Plötzlich bist du blaß geworden und hast gesagt: »Ich muß pinkeln. Jetzt! Sofort!« Etwas weiter weg hatte man Kisten abgestellt und verdorbenes Gemüse weggeworfen. Dort hast du uriniert. Ein bißchen auf deine Hose. Ein bißchen auf die Kisten. Eine Frau sah dich und schrie: »Seht euch diesen Schweinigel an, so eine Sauerei! Hau ab, du Dreckskerl!« Zitternd hast du deinen Hosenschlitz zugemacht, du wagtest nicht, sie anzusehen. Ich nahm dich beim Arm und sagte: »Das ist mein Vater.« Wortlos zogen wir mit unseren leeren Körben wieder ab. Ich weiß nicht mehr, was wir Mama als Ausrede erzählten. Ich habe mir das übelgenommen. Ich hätte dich verteidigen müssen. Ich hätte ihnen sagen müssen, wer du warst. Der Doktor Delbast. Der Veteran von 1914.

Aber ich habe geschwiegen.

Man packt keinen Koffer, wenn man in den Krieg zieht. Man bricht auf nach einem Irgendwo, auf das man sich nicht vorbereitet, über das man nichts weiß. Man nimmt ein paar warme Sachen mit, Briefpapier, eine Flasche Wein, eine Wurst, ein kleines Taschenmesser...

Ich habe dich oft deinen Koffer packen sehen. Du bist mit Mama verreist. Ich blieb bei Maria.

Du hast deine Taschentücher mit Lavendelwasser parfümiert, sie dann sorgfältig zusammengefaltet und in den Koffer gelegt. Eure Eskapaden rochen nach Lavendelwasser und Bienenwachs: Wart ihr fort, wachste Maria das Parkett. Sie nutzte die Gelegenheit, daß die Zimmer leer waren. Wenn ich meine Möbel wachse, zieht es mir das Herz zusammen. Ihr fehlt mir. Mir ist, als müßte ich euch gleich auf Wiedersehen sagen, Mama und dir.

Ihr habt mir nicht auf Wiedersehen gesagt. Ihr habt mich dem Dienstmädchen überlassen.

Es war zu sehen, daß ihr euch liebtet. Es war zu sehen, daß ihr Eile hattet, für euch zu sein. Manchmal erzähltet ihr: »Man hat uns für ein Liebespaar gehalten.«

Ich war eifersüchtig auf Mama. Nicht nur auf eure Reisen. Auch auf euren Alltag. Auf eure Gespräche abends, die ich durch die Wand hörte, wenn ich im Bett lag. Ich war eifersüchtig auf alles, was ihr euch zu sagen hattet, auf euer Lachen. Ich war eifersüchtig auf den Wein, den du für sie gekostet, auf die Tasse Kaffee, die du ihr gereicht, auf die Blumen, die du ihr geschenkt hast, auf die Art und Weise, wie du ihre Hand berührtest, wenn du mit ihr geredet, auf die fröhliche Schalkhaftigkeit, mit der du sie vor allen Leuten geneckt hast, als wäre sie unglaublich, einzigartig, die Hauptperson, die Heldin deines Lebens. Deine Frau.

Deine tote Frau.

Gleich werde ich den Wein für dich kosten, ich werde dir eine Tasse Kaffee reichen; ich werde deine Hand streicheln. Wir werden nichts miteinander reden.

Drei Monate nach Mamas Tod habe ich dich zum Essen in euer Lieblingslokal eingeladen. Wenn ihr allein ausgehen wolltet, seid ihr meistens dorthin gegangen. Der runde Tisch am Fenster, der intimste, der ruhigste, war für euch reserviert.

Ich wollte, daß man uns zusammen sah. Alle sollten wissen, von nun an hatte man mit uns beiden zu rechnen.

Der Wirt hat dich mit ausgebreiteten Armen empfangen, er schwankte zwischen der Freude, dich wiederzusehen, und Beileidsbekundungen. Als er mit den Worten »Doktor! Doktor!« auf dich zukam, bist du plötzlich größer geworden. Alles in dir hat sich aufgerichtet: der Blick, der Hals, der Rücken, auf einmal warst du aufrecht und würdig, als ob dein Blut wieder frei zirkulierte. Er umarmte dich und murmelte einige Worte des Bedauerns, die du lächelnd aufnahmst. Ich hatte nicht geahnt, daß du es aushalten konntest, von Mama sprechen zu hören. Und auch selbst von ihr zu sprechen. Doch ihr habt von ihr gesprochen und dabei Kir getrunken. Ich wußte nicht mehr, wie ich dich dazu bringen sollte, mit dem Trinken aufzuhören.

Als wir uns zu Tisch setzten, warst du schon erschöpft. Satt von Erinnerungen. Glücklich. Lächelnd.

Es gab zu viel Lärm ringsum, als daß wir uns wirklich hätten unterhalten können. Den kleinen Tisch abseits hatte man einem Liebespaar überlassen.

Als wir das Lokal verließen, lächeltest du noch immer.

Nie wieder bin ich mit dir dort hingegangen.

Agathe sagt, ich bin zu streng mit dir. Ich sollte dich Wein trinken lassen. Der Arzt ist dagegen. Natürlich wäre es leicht, die nette Tochter zu sein, die dich heimlich trinken läßt. Aber es wäre feige. Und außerdem hätte ich zuviel Angst, daß dich das krank macht, daß die Älteren es merken und du mir weggenommen wirst. Ich will keine »schlechte Tochter« sein in dem Sinn, wie man sagt: »eine schlechte Mutter«.

Immer verlangst du nach Wein. Immer wird er dir verweigert.

Du hast sehr gern Wein getrunken. Als Kind habe ich dich beobachtet, wenn du im Keller warst. Von oben. Ich beobachtete dich immer von oben. Ich blieb auf der ersten Stufe der so steilen Treppe stehen, du dagegen warst tief unten in diesem Geruch nach feuchtem Staub, Essig und kühlem Stein. Du warst weit weg, die Treppe zwischen uns stellte eine echte Entfernung dar, sie führte zu dieser geheimen, dunklen Welt, in die nur du dich vorwagen konntest. Das Haus war dir unterstellt. Du warst stolz, wenn du wieder heraufgestiegen kamst, die verstaubte Flasche fest im Griff, einmal hörte ich dich zu deinen Gästen sagen: »Mit den Frauen ist es wie mit den Flaschen, man muß sie richtig anpacken!« Sie hatten gelacht. Mir war es peinlich.

Dein Keller war hochgeschätzt, du warst ein Kenner und großzügig. Du hattest gern Gäste, teiltest gern. Man sprach dir Lob und Anerkennung aus für deinen Wein. Ich dagegen glaubte, man lobte dich, weil du dich in den Keller hinuntergewagt hattest.

Jetzt spricht dir niemand mehr Lob und Anerkennung aus. Nie mehr.

Du warst ein Soldat, den die Keller nicht schreckten. Du hast vier Jahre im Dreck der Unterstände gelebt, bestenfalls auf Stroh in den Scheunen. In deinen Briefen schreibst du von Ratten, die während des Schlafs auf dir herumlaufen und die Zeitungen fressen, mit denen du dich zudeckst, um weniger zu frieren.

Deine Nächte als Gefreiter waren kurz, gefährlich, eiskalt oder erstickend heiß. Heute sind sie von verlorenen Erinnerungen und entrissenen Lieben bevölkert. Wann hast du dich ausgeruht? Bestimmt in Mamas Armen, du hast es verstanden, Augenblicke des Genießens mitzunehmen, du hast es verstanden, eine Liebesgeschichte zu leben.

Ich beneide dich.

Ich bin … wie alt? Fünf Jahre? Vier vielleicht. Sechs? Ich bin noch klein. Ich bin im Garten, mit dir. Du hast deine große blaue Schürze um und auch deinen Strohhut auf. Ein anderer als du sähe lächerlich aus. Aber du bist der Herr und Meister. Es ist Abend, und es ist Herbst. Es ist mild. Du verbrennst welkes Laub, ich lasse dich nicht aus den Augen. Du beachtest mich nicht. Du schiebst den dichten, schwankenden Haufen zusammen: Die Blätter brennen nicht, der Qualm ist dick, beißend. Du hast eine große Harke. Du bist stark, du gebietest der Natur, der Garten gehorcht dir.

Ich sehe dem Rauch zu, der aus dem welken Laub aufsteigt, er wird vom Himmel gerufen, ich lege meinen kleinen Kopf in den Nacken, um ihm nachzuschauen, ich sehe, wie der Himmel ihn aufnimmt, ihn in seiner Farbe aufgehen läßt, und plötzlich begreife ich! Ich begreife … Du bist es, der die Wolken macht.

Deine Briefe. Ihr seid Millionen, die sagen, daß es kalt ist und ein Ende haben muß. Millionen, die weitermachen. Wenn ihr gefallen seid, werdet ihr ersetzt. Ihr sprecht wenig. Ihr schreibt, und eure Worte sind so banal wie der Tod, so einfach, daß sie zum Rätsel werden.

»Das Leben im Schützengraben ist immer traurig und was soll erst im Winter werden! Zum Glück bin ich dann bestimmt nicht mehr hier denn das halte ich nicht durch! Ich will euch nicht weismachen, wie es manche Zeitungen tun, daß es im Schützengraben lustig ist ihr würdet es mir ja doch nicht glauben und ich sag euch lieber wie es ist. Es ist ganz schrecklich und man kann es sich nicht vorstellen völlig ausgeschlossen aber was soll's Hauptsache man kommt wieder raus.

Ich umarme euch.

Euer kleiner Louis.«

Das Papier, auf dem du schreibst, rührt mich mehr als deine Worte. Die beim Schreiben auf den Knien zusammengekritzelten spitzen Buchstaben drücken mehr Zärtlichkeit aus als die Formel: »Ich umarme euch.« Den Brief zu berühren ist wirklicher als ihn zu lesen.

»Völlig ausgeschlossen« hast du unterstrichen. Du hast sicher recht, mein Nachforschen ist vergeblich. Ich forsche trotzdem weiter.

Ich möchte dein Gedächtnis sein.

Du bist der einzelne Soldat in einem Krieg, der die Weltordnung erschütterte. Du bist die Einsamkeit in der zerlumpten Menge.

Du bist die frierende Gestalt beim nächtlichen Wachdienst, der wacheschiebende Soldat, der sich in die Hände bläst und einen ungesunden Atem hat.

Du bist der stöhnende Verwundete, der sich fragt, ob er schon tot ist oder noch am Leben, und der nicht weiß, was das schlimmere ist.

Du bist der Unteroffizier, der im Dunkel der nicht geheuren Nächte nach seiner Mutter ruft.

Du bist der Mann, der sich freut, eine heiße Suppe zu trinken und eine Tafel Schokolade zu teilen, du bist in der täglichen Tragödie der Held der einfachsten Freuden.

Und da komme ich her. Aus deinem fast unversehrten, siegreichen Körper. Ich komme aus deiner

Nacht. Zwischen der Erde der Schützengräben und der Schnur zu meinem Nabel lag nur eine verschwindend kurze Wartezeit, eine Spanne von wenigen Jahren.

Du verbindest mich mit jenem Krieg.

Du bindest mich an dein Leben.

Der Zweite Weltkrieg. Durch den von 1914 verursacht, aus dessen rauchenden Trümmern hervorgegangen. Weit zurück liegt die Zeit der täglichen Briefe an deine Eltern aus jenen unbekannten Regionen des Ostens. Vier Jahre ohne Post. Ohne Zeugnis. Nur ein paar Fotos, meine älteren Geschwister, winzig klein, in kurzen Pluderhosen, irgendwo auf dem Land. In der Nähe von Vichy. In euren Erinnerungen an diese Zeit erwähnt ihr nur den Hunger, die von Mama selbstgenähten Mäntel, die Holzschuhe für den Schulweg im Winter, den Onkel, der euch auf seinem Hof aufnimmt, den Geschmack von Kaffee und von Zucker.

Ihr haltet euch bedeckt.

Du sagst… ja… du sagst, man muß ihn entschuldigen. Pétain. Sein Alter… Seine Umgebung… Diesen Sieger von 1914. Du warst gegen die Kollaboration, na klar! Aber der alte Marschall hatte doch getan, was er konnte, und du hast gesungen: *Maréchal nous voilà!* Marschall, wir sind bereit!, als handelte es sich um ein simples Pfadfinderlied.

Sicher, über das Grauen der Nazilager hast du geweint, aber ihren Alex Ginzburg durfte Louise nicht heiraten… Alex Ginzburg, der sich geweigert hatte zu konvertieren. Du hast gesagt: »Die Juden und die Freimaurer!« Die Juden und die Freimaurer… Weiter ging der Satz nicht. Ein Vorwurf. Ohne Kommentar.

Du hast nichts Schlimmes getan. Was heißt das, 1940, nichts Schlimmes tun? Nichts tun. Nichts.

Ein Vater im Widerstand. Ein Held aus dem Vercors. Einer, der unter der Folter schweigt. Das ist etwas anderes. Bewundern kann man dich beim besten Willen nicht.

Du bist der Schatten.

Der Schatten und das Licht.

Von Mai an machten wir an den Sonntagen ohne Pferderennen immer großes Picknick am Wasser.

Nach dem Essen angelst du. Allein. Mama und die Älteren hören endlich auf, mit dir zu reden und dir auf der Pelle zu hocken. Sie ziehen sich zurück, lesen, unterhalten sich oder hören Radio.

Ich dagegen schaue dir wieder mal zu. Neben dir sitzend tue ich so, als wäre auch ich begeistert von der Musik des Wassers auf den Steinen, vom Warten auf den Fang. Ich verzichte darauf, im Fluß zu spielen, ich mache ein unterwürfiges Gesicht: Ob wohl einer anbeißt? Ich hoffe nicht. Ich mag das nicht, diese angespannte Stille und dann plötzlich die Unruhe, das hastige Hochreißen der Angelrute, deine Flüche und vor allem den gemarterten Fisch an der Leine. Doch ich will mich nützlich machen. Bei jedem Fang stelle ich dir den Eimer hin, halte ihn. Du bist nicht darauf angewiesen. Aber du läßt es mich machen. Sprechen tust du nur mit dem Fisch. Du sagst: »Dich hab ich, du Hund!« Ich wundere mich, daß ein so kluger Mann wie du einen Fisch als Hund beschimpft.

Eines Sonntags fängst du eine Forelle, die größer und widerspenstiger ist als die anderen. Du bittest mich, sie mit einem Lappen festzuhalten, während du den Angelhaken rausziehst. Ich stürze herbei, der Kopf tut mir weh, ich bin steif wie ein Stück Holz und habe Angst, etwas falsch zu machen. Ich nehme den Lappen, er ist blutbefleckt – drei große Fische liegen schon erstickt im Eimer. Ich drücke mit aller Kraft auf die Forelle. Ich bin auf deiner Seite. Ich muß es schaffen, daß sie sich nicht mehr rührt. Ein Geglitsche ist das unter meinen Händen, wildes, hartnäckiges Leben. Du hast Mühe mit dem Haken. Du reißt dem Fisch den Schlund und das Maul auf, Blut und Fleisch quellen aus dem lebenden Tier, das noch unter meinen Händen zuckt. Deine Finger zittern ein bißchen, ich drücke noch stärker, da hört die Forelle auf, sich zu bewegen. Ihr rundes Auge sieht mich an: die Angst in ihrem erstorbenen Blick. Die Angst und der Vorwurf in ihrem erstorbenen Blick. Du wirfst den Fisch in den Eimer und sagst, lauter als gewöhnlich: »Dich hab ich, du Hund!«

Ich wasche mir die Hände im Fluß. Blut im Wasser, das sehe ich zum erstenmal. Wie schnell es wegfließt!

Wie durch einen Zauberstreich: eben noch ein rotes Rinnsal, und schon ist alles wieder klar.

Einen Moment lang lasse ich meine Hände im kalten Wasser. Es tut weh. Meine Finger werden spröde. Ich bin älter geworden.

Du dagegen bist ganz allmählich ins Alter hineingeglitten, wie in eine neue Haut. Es war eine langsame, schleichende Häutung. Von Zeit zu Zeit eine Unterbrechung in der Verbindung zwischen deinem Hirn und deinem Körper, Aussetzer in der Übermittlung, im Kreislauf deines an Sauerstoffmangel leidenden Bluts… Anfangs hast du dich gewehrt. Du bist gegen diesen Verrat angegangen. Du hast mehr und mehr Medikamente geschluckt, Pillen in allen Farben, die deinen Tagen ihren Rhythmus gaben. Am Tag, als Mama gestorben ist, hast du die Jalousie heruntergelassen. Du hast dein Leben ausgelöscht. Ja, du kannst mich noch so oft fragen, wo sie ist, kannst es mich noch so oft wiederholen lassen, seit sie fort ist, hast du losgelassen. An ihr hast du gehangen, nicht am Leben. Ich dagegen dachte, als sie starb, jetzt käme ich an die Reihe. Ich würde dir die Lust am Leben wiedergeben, jetzt wäre unsere Zeit gekommen. Ich war bereit für den Beginn unserer Geschichte.

Doch du warst schon nicht mehr da.

Vor zwei Monaten habe ich einen Mann kennengelernt. Er heißt Rachid, er kommt aus Tanger.

Er würde dir nicht gefallen.

Du hattest die Einstellung eines Kolonialisten, Doktor Delbast.

Du pflegtest zu sagen, die Senegalesen, ausgerechnet die, die 1914 gekämpft hatten, seien dreckige Wilde, du fandest sie träge und zimperlich. Während des Algerienkriegs hast du oft gehupt. Ich wußte nicht, warum. Ich habe es erst Jahre später begriffen. Der Rhythmus war: »Al-gé-rie-fran-çaise! Al-gé-rie-fran-çaise!« Und wie du das Wort *fellagha* ausgesprochen hast, mit zusammengebissenen Zähnen, verächtlichem Blick, das klang für mich wie eine Beleidigung, ein Schimpfwort. Du wolltest ein kolonialistisches Frankreich.

Die Älteren und du, ihr habt oft voller Stolz von euren Kolonien gesprochen, und ich dachte, es handelte sich um kleine Stückchen Land, die du in Afrika gekauft hattest, um dort Ferienkolonien für die armen Kinder zu organisieren, von denen du so oft gesprochen hast. Du sagtest: »Unsere Schulen. Unsere Ambulanzen. Unsere Missionare.« Afrika gehörte dir, du teiltest es mit meinen Geschwistern, das war Salongeschwätz und Nationalstolz.

Ich liebe dich, auch wenn du reaktionär bist und unsympathisch. Ich finde für alles eine Entschuldigung: das Milieu, die Generation, die Zeit... Alles ist recht, damit du meiner Liebe würdig bist.

Bin ich deiner würdig?

Ich bin Sekretärin in einer armseligen Klitsche, einer Kette für Billigkleidung, Kleidung, wie du sie nie getragen hast. Ich sitze im Büro. Drei unserer Filialen wurden bereits geschlossen. Sie sind nach Asien verlegt worden. Der Kreislauf des Geldes funktioniert gut. Die Menschen dagegen stehen hinter den Grenzen, ertrinken, werfen ihre Babys über den Stacheldraht, erfrieren in den Laderäumen.

Was weißt du von all dem? Gehörst du noch zu dieser Welt? Haben wir eine gemeinsame Welt?

Dein Jahrhundert ist das Jahrhundert der großen Massenmorde. Du bist hindurchgegangen als ein Davongekommener. All die Babys, die mit dir zusammen geboren sind und nur als Opfer gedient haben, all die verhinderten Väter, die Jugendlichen, die nie erwachsen geworden sind…

Deine Briefe berichten von den Toten, die auf den Schlachtfeldern bleiben, weil niemand sie holt, den Leichen unter freiem Himmel, dem schlechten Gewissen, das die Luft verpestet.

Du hast mit achtzehn auf einem Friedhof ohne Sarg gelebt, du hast den Tod kennengelernt, bevor du Zeit gehabt hattest zu leben.

Ich verdanke mein Leben den Kugeln, die dich nicht getroffen haben, den Granattrichtern, die dich verborgen haben, der Verwundung, die dir zwei Monate im Schützengraben erspart hat, dem Soldaten, der vor dir gefallen ist, dem Befehlswiderruf eines Offiziers, einem Nichts, einem Wort, einem fehlgeleiteten Schuß, einer finsteren Nacht, einem Zufall, einer Sekunde mehr oder weniger… einem unwahrscheinlichen Gleichgewicht… einem Wunder…

Ich bin zehn Jahre alt. Mama hat eine heftige Grippe, sie muß im Bett bleiben. Du machst dir Sorgen. Du rufst mehrmals am Tag an, du versuchst früher nach Hause zu kommen, wenn du da bist, setzt du dich zu ihr ans Bett, du ißt bei ihr. Ich esse mit Maria in der Küche.

Eines Abends bitte ich sie, mir dein Tablett zu geben, und trage es selbst ins Zimmer. Ich erwarte nicht, daß du mich zum Bleiben aufforderst. Ich hoffe nur, daß du besorgt bist, daß du befürchtest, ich könnte auch Grippe kriegen. Als ich ins Zimmer komme, bist du nicht da. Du wäschst dir gerade die Hände im Bad. Ich stelle das Tablett auf das kleine Tischchen. Und warte auf dich. Um meine Anwesenheit zu rechtfertigen, kümmere ich mich um Mama. Sie döst vor sich hin. Ich klopfe ihr die Kopfkissen auf – das habe ich in einem Film gesehen. Du bist immer noch nicht da. Ich schlage ihr die Decken ein. Du kommst nicht. Ich ziehe die Vorhänge auf, wie es Maria morgens macht, mit den präzisen Handgriffen einer geschäftigen, energischen Erwachsenen. Ich fühle mich nützlich. Du kommst aus dem Bad. Mit dumpfer, wütender Stimme fragst du, ob ich mich nicht schäme, meine Mutter zu stören. Ich gehe raus.

Mir ist nicht zum Heulen.

Mir ist danach, euch umzubringen.

Ich sage Maria, du möchtest, daß ich dir deinen Kaffee bringe. Vor dem Servieren gieße ich ein wenig Spülmittel hinein.

Ich steige die Treppe hinauf, die Tasse wackelt auf der Untertasse.

Vor der Tür bleibe ich stehen.

Und ich trinke.

Der einzige meiner Brüder, zu dem ich eine Beziehung hatte, war Christophe. Er war zehn Jahre älter als ich, und durch mich konnte er vom Platz des »letzten« eins aufrücken.

Oft klettere ich abends aus dem Bett und schlafe in seinem ein. Er macht seine Hausaufgaben. Das Licht brennt, und das Radio läuft. Das finde ich wunderbar. Adamo. Ich sehe Christophes Rücken, während er sich über seine Hefte beugt. Er raucht. Ich petze nicht. Ich hab ihn gern. Eine zurückhaltende, stille Zärtlichkeit. Ich mag seine Ticks, sein leichtes Lispeln und seine Brille mit Rand. So sind wir uns jeden Abend nah, ohne miteinander zu reden. Er mag es, daß ich sein Bett anwärme. Ich frage mich, was für eine seltsame Welt er da studiert, was für Hausaufgaben das sind, die ich nicht verstehen kann und die ihn so spät noch in Anspruch nehmen.

Christophe erzählt mir gelegentlich von eurem Leben früher – vor meiner Zeit. Wie es war, als die Älteren so alt waren wie ich. Er erzählt von deinen Strafaktionen, deinen Wutanfällen wegen irgendwelcher Dummheiten, über die ihr in der Erinnerung jetzt alle lachen müßt. Meine Dummheiten dagegen erlebe ich allein. Mich bestrafst du ohne Zeugen, ich teile meine Kümmernisse mit niemandem. Und wenn ich sie Christophe einmal erzähle, wird es noch schlimmer, weil ich dann begreife, daß meine Ungezogenheiten, meine Verfehlungen alle schon mal dagewesen sind. Was ich ihm erzähle, kennt er längst, das haben sie alle durchgemacht, alle fünf. Meine Jugend ist für niemanden eine Überraschung. Meine Kindheit ist ein alter Hut.

Ich beneide meine älteren Geschwister, weil sie eine Familie bilden mit dir als Vater. Ich bin so etwas wie ein Blick von außen, ein zu spät gekommener Gast. Ich beneide sie, aber ich bin nicht eifersüchtig. Dafür finde ich sie nicht reizvoll genug – ausgenommen vielleicht Marie. Marie, die es wagt, nicht mit dir einer Meinung zu sein. Ihr streitet euch über Literatur. Diese Streitereien machen euch Spaß, die Bücher sind nur Vorwand für eure Leidenschaft, eure Stürme.

Marie ist jetzt schon fast eine alte Dame. Alkohol und Medikamente haben sie seit langem zermürbt. Wir reden miteinander, sie und ich, vor allem seit dem Tod ihres Sohnes Benoît. Sie sagt, sie sei schuld an seinem Tod, sie habe nachgegeben, als Benoît ein Motorrad haben wollte. Agathe hat mir eines Abends vorgeworfen, ich hindere sie zu leben, aus Angst, sie könne sterben. Man sorgt sich nie zur rechten Zeit, um die rechte Person, am rechten Ort.

Was hast du für uns gefürchtet? Wir waren dein kleines Volk, dein unterwürfiges Publikum, aber wir haben euch sicher gehindert, euch so zu lieben, wie ihr gewollt hättet, Mama und du. Zu viele Menschen zwischen ihr und dir, zu viele Zeugen. Doch nach außen hin war alles in Ordnung. Wir waren das Musterbeispiel einer einigen und glücklichen katholischen Familie.

Zur Messe kommen wir immer zu spät, damit man uns bemerkt. Man bemerkt uns. Man macht uns Platz, diskret, der Priester registriert unser Eintreffen.

Du: nach der Kommunion, den Kopf in die Hände gestützt, vornübergebeugt. Ein Mysterium. Das wahre Mysterium der Religion: Was rechnest du dir als Schuld an? Gibt es Patienten, die du nicht gerettet hast? Arme, denen du Geld abgenommen hast? Nein. Von Armen nimmst du kein Geld, Mama sagt von dir: »Er ist ein wahrer Christ.« Betest du für uns, deine

Kinder, damit Gott uns beschützt? Du sollst es sein, der mich beschützt, nicht irgendeine Abstraktion. Ich will zu deiner Rechten sitzen. An deiner Seite sein dürfen. Und mit dir herrschen.

Ich bete nie nach der Kommunion. Ich beobachte dich. Das weißt du nicht. Ich stehle diese Vertrautheit, dein Zwiegespräch mit Gott. Dieses Gespräch endet immer im selben Augenblick: wenn wir singen sollen. Du erhebst dich, ohne zu zögern. Mit Andacht singst du die Choräle, das ist der kleine Louis vor dem Chorleiter, das ist der Gefreite, der den Krieg in der Musik vergessen will... Aber jenseits eurer improvisierten Kirchen auf den Wiesen, in den Scheunen gab es andere Kirchen, deutsche, und die gleichen Gebete... Wer waren die Lieblingskinder? Gott, ob es ihn nun gibt oder nicht, hat dir vielleicht das Leben gerettet. Ja, gerettet hat dich dein Vertrauen, die Gewißheit, daß du durchkommen wirst.

Eine Revanche für Emiles Tod.

Eines Tages begegnen wir auf der Straße einem Mann, er ist klein und knorrig wie ein abgestorbener Baum. Als er dich sieht, leuchten seine Augen auf, als würden sie durch dich belebt. Er läuft auf dich zu. Beinah hätte ich mich ihm in den Weg geworfen, um ihn dir vom Leib zu halten. Er sieht aus wie ein Bettler. Du bleibst stehen. Du breitest die Arme aus, er sinkt hinein. Eine Weile haltet ihr euch so umfangen, er und du, ein ungleiches Paar: der starke Mann und der abgestorbene Baum. Mama und Marie sind auch dabei, sie bleiben würdig im Hintergrund stehen. Ich begreife gar nichts, ich weiß nicht, wie ich reagieren soll. Dann tritt der kleine Mann zurück, seine beiden krummen Hände drücken deine Arme, er betrachtet dich, schüttelt mehrmals wie ein Esel den Kopf und wendet sich schließlich Mama zu. Er nimmt langsam ihre Hand und führt sie an die Lippen. Du sagst:

»Meine Frau.« Deine Stimme ist rauh und brüchig. Dann zeigst du auf uns, Marie und mich, und sagst: »Meine Töchter.« Der kleine Mann neigt grüßend den Kopf und wendet sich wieder dir zu. Ihr weint alle beide.

Ich bin glücklich. Ich gehöre dir. Ich bin deine Tochter.

Du hast es gesagt.

Als wir weitergehen, höre ich, wie du Mama vom Krieg erzählst. Saint-Quentin. Trupp. Regiment. Also seid ihr zwei alte Soldaten.

Und ich, ich bin die Tochter des Soldaten.

Wie schön ist doch der Krieg!

Du bist gern in den Bergen gewandert. Du gingst gern voran, um uns zu führen, das Terrain zu sondieren oder die Gefährlichkeit abzuschätzen. Mama empfahlst du, dir nachzugehen, aber sie mochte keine »Kuhberge«, wie sie es nannte. Doch das zeigte sie dir nicht. Sie war eine Stadtfrau. Keine Landfrau. Auf dem Lande gehörte sie zu den Menschen, die sich auf die roten Ameisen setzen, sich an Nesseln verbrennen, die Wespen reizen, wenn sie sie verscheuchen wollen, oder sich den Knöchel verstauchen, weil sie den direkten Weg bergab nehmen. Sie war ungeschickt in der Natur, davon verstand sie nichts. Und natürlich trug sie nicht das richtige Schuhwerk.

Eines Tages, wir sind gerade erst eine Stunde gelaufen, bittet sie mich, die Schuhe mit ihr zu tauschen. Sie hat winzige Füße, kaum Größe 35 (sie sagt: »Kleine Füße sind ein Zeichen von Vornehmheit«, und du schenkst ihr Maßstiefelchen).

Sie will meine Schuhe haben, und ich zögere vor diesem unsinnigen Tausch: Ich habe Größe 37. Sie bettelt wie ein Kind, schmollend und dickköpfig, was mir sofort zuwider ist. Sie macht mir eine Szene. Ich bin dreizehn Jahre alt, sie fast sechzig. Sie ist zu allem fähig, zu jeder Erpressung, zu jedem Unsinn, damit sie nur mit dir mithalten kann. Über dem ganzen Hickhack bleiben wir zurück. Doch du, dem nichts entgeht, kriegst es natürlich mit und kommst zu uns herunter. Augenblicklich richtet Mama sich auf, macht ein herablassend angeödetes Gesicht: »Fanny weigert sich, mir ihre Schuhe zu leihen.« Hätte ich sie in den Abgrund gestoßen, du hättest mich kaum entsetzter angesehen. Unter deinem Blick schlage ich die Augen nieder und schnüre sogleich meine Wanderstiefel auf. Mama setzt sich auf einen Stein. Du kniest dich hin und ziehst ihr die Schuhe aus, langsam bindest du sie auf, als würdest du Mama respektvoll entkleiden, dann steckst du sie in deinen Rucksack. Zu mir sagst du: »Du läufst barfuß. Das bringst du der Jungfrau Maria zum Opfer.«

Ich verstehe sofort. Ich weiß, daß man das tut. Ihr geht oft auf Pilgerfahrt nach La Salette. »Jungfrau von La Salette! All unsere Herzen sind dein!«

Ich habe es geschafft. Drei Stunden lang bin ich barfuß gelaufen.

Es hat mir nicht weh getan.

Aber ich habe mich geschämt.

Der Jungfrau habe ich die Scham nicht zum Opfer gebracht. Ich habe mich von ihr verabschiedet. Je länger ich lief, desto mehr befreite ich mich von ihr, desto mehr hatte ich Lust, die Steine mit meinen bloßen Füßen zu zermalmen. Je länger ich lief, desto stärker wurde ich, und an diesem Tag habe ich mit der Religion Schluß gemacht.

Mir wurden nicht nur meine Schuhe weggenommen. Mir wurde auch die schreckliche Last der Schuld abgenommen. Ich habe Gott verlassen, die ganze Heilige Dreifaltigkeit und alle Heiligen, Märtyrer und Apostel, und ich dachte an Marias Schenkel und habe gelacht.

Es tat schon weh genug, anders zu sein, zu jung, um an euren Gesprächen teilzuhaben, mit euch auszugehen oder eine eigene Meinung zu haben. Doch zu allem Übel war ich auch noch eine schlechte Schülerin. Ständig zurück. In allem.

Ich lernte schlecht. Ich nahm nichts auf, war im Unterricht verschlossen, nichts berührte mich. Alles kam aus einer anderen Welt. Mathematik, Grammatik, alle diese Werkzeuge vermochte ich mir nicht anzueignen, ich war nicht lernhungrig, nicht wißbegierig.

Ich konnte auch nicht schreiben. Die Stifte waren wie die Stricknadeln: zu starr für meine nervösen Finger. Die Buchstaben gerieten mir schief und krumm, lauter Krikelkrakel, und meine Hefte waren verschmiert und voller Tintenflecken. Niemals wurde ich zum Schreiben an die Tafel gerufen. Ich beneidete die

Mädchen, die morgens mit Kreide das Datum anschrieben, sie malten runde, ebenmäßige Buchstaben, die schön miteinander verbunden waren, ich versuchte sie nachzuahmen, es wurde nur noch schlimmer, meine Wörter blähten sich über die Linien hinaus, als betrachtete man sie durch eine Lupe. Vor einigen Jahren habe ich erfahren, daß man die Graphologie auch auf Kinder anwendet und daß es einem Kind, das schlecht schreibt, auch schlechtgeht.

Ich schrieb schlecht, ich lernte schlecht, das Krankheitsjahr zu Hause hatte daran nichts geändert. Ich hatte schreckliche Lücken, man hätte mich die Klasse wiederholen lassen sollen, aber bei Familie Delbast blieb man nicht sitzen.

Zum Ausgleich für meine Begriffstutzigkeit und Lernunfähigkeit fing ich an, den dummen August zu mimen. Irgendeinen Platz mußte man schließlich haben, und dieser war wenigstens frei. Ich war der Klassenclown, der Frechdachs, der Kasper. Ich bot den Lehrern die Stirn. Was waren sie denn im Vergleich zu dir? Unbedeutende Wichte. Ich hatte keinen Respekt vor ihnen. Respekt und Angst, das gab es nur zu Hause.

Ich wollte auffallen, ich habe mich bestraft: Ich träumte davon, Anwältin zu werden, geworden bin ich Sekretärin. Ein Beruf für Mädchen. Ohne Ambition und Verantwortung. Und auch ohne Geld. Der Geldmangel, das ist die wahre Strafe. Bis zu Agathes Geburt habe ich wenig davon gemerkt. Jetzt kann ich es nicht mehr ertragen, daß ich ihr so oft etwas abschlagen muß. Ich wünschte, wir könnten zusammen träumen. Aber wir träumen nicht. Wir rechnen.

Meine Auseinandersetzungen mit Agathe sind heftig. Echte Zusammenstöße. Klarstellungen. Auch tödliche Verletzungen. Einmal, in einem schrecklichen Wutausbruch, hat sie mir an den Kopf geworfen, weder Mann noch Geld zu haben. Da dachte ich, in Wirklichkeit ist es nicht der Mangel an Geld, was sie mir vorwirft, sondern das Fehlen eines Vaters. Als kleines Kind hat sie einmal versucht, diesen Vater, den sie nie gesehen hat, zu malen. Sie malte ein Gesicht, ohne Augen und Mund, die hat sie von mir, aus der Vorstellung heraus, alles andere hätten sie gemein. Dann betrachtete sie sich im Spiegel und zeichnete ihre Stirn, ihre Wangen, ihr Kinn und ihre Nase. Wie eine eingeschlagene Fresse sah es aus. Es war nichtssagend und stellte niemanden dar. Sie sagte: »Papa sieht sich nicht ähnlich«, und hat das Blatt zerrissen.

Du siehst dir auch nicht ähnlich. Du belauerst mich. Das ist neu, nicht wahr? Du belauerst mich, seitdem du in dem Heim lebst, in dieser Gemeinschaft, wo man häufiger »Adieu« als »Auf Wiedersehen« sagt. Wenn ich dein Zimmer betrete, lächelst du mich an. Ich küsse dich auf deine zarten, schlechtrasierten Wangen – du rasierst dich nicht mehr selbst, die Schwestern rasieren dich schlecht, zweifellos muß man jemanden sehr gern haben, um seinen Körper zu pflegen.

Ich liebe dich, aber ich könnte dich nicht waschen. Ich brauche es, daß du nicht nur ein abhängiger alter Mann bist, ich brauche es, daß du noch deine Würde behältst. Ich mache mich für dich zurecht. Ich will dir Ehre erweisen, dich vergessen lassen, daß du dich naß machst und dich nicht mehr selber wäscht. Ich weiß nicht, ob es dir eine Ehre ist… Die Ehre!

In dem kleinen Bücherschrank im Wohnzimmer lagen militärische Auszeichnungen. Viele. Jahrelang bin ich achtlos daran vorbeigegangen. Orden bringen kleine Mädchen nicht zum Träumen. Warum haben sie mich eines Tages doch interessiert? Ich habe dich gefragt, was das sei. Du hast mir geantwortet, die habest du im Krieg bekommen. Du hast die Glastür geöffnet, hast einen Orden, der an einem roten Band hing, herausgenommen und gesagt: »Nicht den Orden der Ehrenlegion hätte man mir geben sollen, sondern den der Schreckenslegion.« Dann hast du den

Orden wieder hineingelegt und die Glastür zugemacht. Wie ich mir das übelnehme! Ich habe nicht reagiert, ich versuchte zu verstehen, was du mir gerade gesagt hattest (ich war sieben oder acht Jahre alt), aber du hattest nicht die Geduld zu warten.

In deinen Briefen ist weder von Ehre noch von Schrecken die Rede. Du schonst deine Eltern, du willst nicht, daß sie sich zuviele Sorgen machen. In einem der Briefe habe ich eine getrocknete Blume gefunden. Du hattest geschrieben: »Ich lege euch eine kleine Blume bei, die ich heute morgen unter dem Sausen der dicken Brocken von drüben am Rande des Schützengrabens gepflückt habe. Nur schnell ein Ende, noch fünf oder sechs Monate?« Es ist das Jahr 1915.

Oder auch: »Schickt mir ein Veilchen aus dem Garten, denn hier weiß ich nicht, wann ich Veilchen riechen werde. Allerdings ist von Frieden die Rede. Mehr kann ich euch nicht sagen. Immerhin, ich habe gute Hinweise.« Das ist im Winter 1917.

Mit Blumen hast du immer gelebt. Dein Garten war voll davon, du warst stolz darauf, du liebtest sie.

Im Altersheim gibt es keinen Garten. Eine leere Terrasse, ein kiesbedeckter Hof. Gegenüber wohnt ein alter Herr. Er hat ein Haus aus Sandstein und einen Garten, wenn auch bescheiden. Als du eingezogen bist, hast du diesen glücklichen Nachbarn beobachtet. Tagelang, ohne ein Wort. Dann bist du über die Straße gegangen, hast bei ihm geklingelt und ihm deine Dienste angeboten, er hat es angenommen, kaum überrascht. Der ehemalige Hausherr, der Wolkenmacher, ist zum unbezahlten Gärtner eines pensionierten Postbeamten geworden.

Du mochtest alle Blumen. Die aus den Schützengräben und die der Ausländer, die, die du nicht gepflanzt hattest, und auch die, die du nicht verschenken würdest.

Ich besuche dich nie ohne einen Blumenstrauß. Meistens sind es Veilchen wegen des Liedes, das du Mama immer vorgesungen hast: »Wer will meinen Veilchenstrauß? Meine Damen, der bringt Glück!« Jetzt trällerst du nicht mehr. Aber du lächelst. Du atmest ihren Duft ein, und du lächelst.

Christophe. Der einzige, der nicht von sich aus fortgegangen ist. Der einzige, den du fortgejagt hast. Der das nie verwunden hat. Ihr habt Frieden geschlossen, Jahre nach dem Drama, als Christophe euch zu seiner Hochzeit eingeladen hat. Aber das Verzeihen hat die Verletzung nicht ungeschehen gemacht. Christophe war als Mörder von zu Hause fortgegangen, und so sieht er sich auch selbst. Zum Zeitpunkt des Geschehens war ich noch zu jung, um alles zu begreifen. Ich verstand, daß es um eine Geschichte von Liebe und Blut ging, deren Zeuge du gewesen warst. Später, nach der Geburt seines ersten Kindes, hat Christophe es mir erzählt, die Geburt hatte den Schmerz wieder hochkommen lassen. Christophe… Dieser plötzliche Fleck in unserem so sauberen Leben.

Er war achtzehn Jahre alt. Er liebte die Mutter seines besten Freundes Paul. Sie hieß Elisabeth. Sie war eine sanfte Frau, ein bißchen verkümmert, die sich zu Hause langweilte. Ihr Mann war die meiste Zeit nicht da. Das war damals vielfach üblich. Die Männer kamen zum Essen und Schlafen nach Hause – oder nur zum Schlafen, wenn sie eine Geliebte hatten, die sie mit »Geschäftsessen« tarnten. Elisabeths Mann muß eine Geliebte gehabt haben: Er glaubte ohne weiteres an die Migränen und Unpäßlichkeiten seiner Frau. Christophe entdeckte seine Sexualität mit diesem sanften, unglücklichen Wesen. Sie wiederum wird seine Schüchternheit und Schamhaftigkeit gemocht haben, sie wird ihm Gesten und Liebkosungen beigebracht und mit ihm zusammen die Lust entdeckt haben.

Paul, der Sohn und Freund, ahnte nichts davon. Christophe und Elisabeth sahen sich heimlich. Ich erinnere mich, daß Christophes Ticks fast verschwunden waren. Er muß glücklich gewesen sein.

Doch dann kam der Abend, mit dem alles vorbei war. Wir saßen bei Tisch, Christophe war nicht nach Hause gekommen, Mama machte sich Sorgen, er sagte immer Bescheid, wenn er sich verspätete. Das Telefon klingelte, du hast den Hörer abgenommen. Alle Farbe wich aus deinem Gesicht, als wäre deine Haut plötzlich ganz dünn geworden und bis zum Zerreißen gespannt. Du hast Mama ins Wohnzimmer gezogen. Wenige Minuten später bist du weggegangen.

Warum hat er ausgerechnet dich angerufen? Es gab schließlich noch andere Ärzte.

Es war in einem billigen Hotel. Elisabeth blutete stark. Du hast sie ins Krankenhaus bringen lassen, wo sie wenige Stunden später an der Blutung starb. Eine illegale Abtreibung. Christophe war den ganzen Tag bei ihr geblieben, ohne zu wissen, was er tun sollte, er hatte sie sterben sehen und zu Gott gebetet, ihn aus diesem Alptraum zu erlösen. Achtzehn Jahre alt! Die Jugendlichen wußten damals so wenig, Sexualität war bei uns dermaßen tabu... dermaßen kriminell.

Du hast ihn aus dem Haus gejagt. Ich bekam sein Zimmer. Das Bett war eiskalt, ich kriegte es nicht mehr warm. Christophe hatte eine angebrochene Schachtel Gauloises und alle seine Hefte liegen lassen. Er war ganz schnell verschwunden. So wie man stirbt. Sein Radio habe ich nie eingeschaltet.

Sexualität gab es bei Familie Delbast nicht.

Wir waren alle Engel, Wesen ohne Bewußtsein, ohne Bewußtsein unseres Geschlechts. Bei Familie Delbast wurden kleine Mädchen nicht beschnitten, man bearbeitete nur hartnäckig ihr Gehirn. Die Jungen wurden schlicht und einfach gewarnt. Man sagte ihnen nicht offen, wovor, man nannte die Dinge nicht beim Namen. Man verlangte von ihnen, sich zurückzuhalten, sich für ihre Frau »aufzubewahren«, obwohl man nicht recht daran glaubte und gleichzeitig dafür betete. Christophe hat euch hintergegangen, »beschmutzt« hast du gesagt.

Die Jungfräulichkeit der Delbast-Töchter war heilig. Das Hauptziel der Erziehung bestand darin, uns als Jungfrauen unter die Haube zu bringen. Es war eine Obsession, ein absolutes Ideal, der Quell all eurer Sorgen. Ich kenne keine Freundin, der es ähnlich ergangen wäre. Mit keiner kann ich diese Neurose meiner Kindheit teilen. Es war, als käme ich aus dem vergangenen Jahrhundert, als gehörte ich nicht in meine Zeit, als wäre ich alt geboren. Zum Glück habe ich es nicht geschafft, diese Vorschriften eines anderen Zeitalters, einer anderen Kultur zu befolgen. Allerdings haben wir uns fünf Jahre lang nicht gesehen. Als ich von zu Hause fortging, als du verstanden hast, daß die Männer bei mir kamen und gingen, kein Ehemann in Sicht, um an deine Stelle zu treten, hast du die Brücken abgebrochen. Damals hat es mir gutgetan, nicht länger unter deinen Augen zu leben, nicht länger Rechenschaft abzulegen.

Zwischen neunzehn und vierundzwanzig habe ich dich nicht mehr gesehen. Und dann hast du eines Tages bei mir geklingelt. Du hast mich einfach gefragt, ob ich dir einen Kaffee machen könnte. Ich habe ja gesagt. Sofort. Ohne zu zögern. Ich zitterte. Mein Blut – unser gemeinsames Blut – jagte, strömte, kreiste in mir. Und wir sprachen von deinem Garten. Du hast gesagt, der Winter komme mit Verspätung, das hattest du nicht gern, diese Jahreszeiten, nicht halb und nicht ganz, du fürchtetest, dich nicht mehr zurechtzufinden. Du sprachst von den Jahreszeiten, und ich hatte den Eindruck, es ging um uns beide, jedenfalls wollte ich das glauben, ich wollte glauben, du seist gekommen, um mir deine Verwirrung einzugestehen. Warum bist du gekommen? Welcher Teil von mir hat dir gefehlt? Hatten ein Gegenstand, ein Parfum, ein Wort dich an mich erinnert? Vielleicht hast du nach der Kommunion mit in die Hände gestütztem Kopf… nein! Du bist nicht aus Pflicht gekommen, nicht der »gute Christ« hat an meine Tür geklopft. Sondern der Vater. So einfach ist das. Ich war eine Tochter, die ihrem Vater gefehlt hatte. Wie gut, daß ich fortgegangen war! Für diese Geste, dieses Sichergeben, diesen Kniefall, den du mir geschenkt hast. Ja, der Winter kam mit Verspätung, er würde sich rächen, es würde späten Frost geben, sprich nur, sprich von deinen Bäumen, ich hab dir gefehlt, sprich von den Pfingstrosen, die wieder austreiben, ich hab dir gefehlt, sprich von der Zähigkeit der Binsen, ich hab dir gefehlt, sprich von der Rose an dem abgestorbenen Rosenstock, ich hab dir gefehlt!

An dem Tag haben wir uns nicht umarmt, wir haben uns nicht berührt.

Aber wir haben uns wiedergefunden.

Die körperliche Berührung, das ist jetzt alles, was uns noch bleibt. Sich umarmen, sich die Hand halten, dir den Arm reichen zum Gehen, zum Hinsetzen, zum Hinlegen, dir die Wange streicheln, den Kragen hochschlagen oder die Schnürsenkel zubinden…

Du bist einer der letzten Überlebenden von 1914. Jedes Jahr bekommen vergessene Soldaten auf den Champs-Elysées Auszeichnungen verliehen. Die Zeremonie ist kurz. Nur mit Mühe halten sie sich aufrecht, und trotzdem ist ihre ganze Anstrengung auf dieses Ziel gerichtet: sich aufrecht zu halten. Mit hoch erhobenem Kopf. Helden sitzen nie. Helden sind auf dem Marsch. Auf den Denkmälern für die Gefallenen stürmen sie manchmal vorwärts, den Arm vorgestreckt wie du, wenn du Opernarien sangst. Sie stürmen gern vorwärts, sie retten die Heimat so eilfertig, wie du mich vor dem Ertrinken gerettet hast. Als hätte man zum Angriff geblasen, und sie hätten nur darauf gewartet. Sie haben es eilig. Nicht weil man sie von hinten beschießt...nein... weil man sie ruft. Die »Einberufenen«. Die Erwählten.

Die Soldaten auf den Gefallenendenkmälern sind

immer bei blühender Gesundheit. Man sieht nie einen sich auf sein Holzbein stützen, man sieht nie einen ohne Nase wie die antiken Statuen, man sieht nie einen verdreckt, verschmutzt, verwundet. Die Soldaten auf den Mahnmalen sind gut gekleidet, sie sind vorschriftsmäßig, mustergültig.

Sie haben nie Kummer.

Die Soldaten aus Stein.

Träume habe ich zur Zeit nicht viele (weil ich nicht schlafe) vor einigen Tagen habe ich viel von zu Hause geträumt aber ich erinnere mich an nichts mehr.«

2. Dezember 1915, an vorderster Front.

»Ich bin zwischen zwei Kursen eingeschlafen und mit der Nase im Helm habe ich geträumt.«

21. Juni 1916. Du machst Kurse bei der Artillerie.

»Ich hatte heute nacht hohes Fieber, ich habe mit den Zähnen geklappert und phantasiert, glaube ich, die Kameraden sagen, ich hätte im Traum gesprochen.«

26. März 1917. Im Unterstand.

»Letzte Nacht hatte ich auch einen Traum, aber einen Alptraum.«

11. April 1917.

Und wenn du statt der beruhigenden und zensierten Briefe nur deine Träume aufgeschrieben hättest? Soldatenträume im Krieg. Wären es Geständnisse gewesen?

Sie waren alle fort. Die Älteren. Alle verheiratet. Alle im eigenen Häuschen. Und eingespannt in die Reproduktion.

Ich blieb mit euch allein. Ich war fünfzehn, als eines Tages ein Freund von dir auf mich zeigte und lachend fragte: »Und die da, Louis, wann verheiratest du die?« Du hast geantwortet: »Noch nicht! Sie ist die Stütze meines Alters!«

Und ihr habt gelacht. Und der Freund hat gesagt: »Sag nicht so was, Louis. So alt bist du ja noch nicht.«

Aber wenn man hundert wird, Papa, ist man sein halbes Leben lang alt.

Mach dir nichts draus.

Sie trägt. Die Stütze.

Und so war ich schließlich die einzige Tochter einer vielköpfigen Familie. Ich kam aufs Gymnasium, dasselbe, auf dem vor mir meine Schwestern gewesen waren. Ich fand Freundinnen, ich entdeckte überrascht, daß nicht jede fünf Geschwister hatte und nicht alle reich und katholisch waren.

Doch seltsam, je mehr ich davon träumte, mich zu unterscheiden, desto mehr nahm ich eure Art zu reden an. Ich vertrat eure Ansichten, hatte eure Sprachticks und so manchen Ausdruck von dir. Mein Elternhaus steckte mir immer noch tief in den Knochen. Ich war eine von euch, mehr als ich wollte, und nicht nur, wenn ich es wollte. Welches war mein Platz? Fanny – »die Nummer sechs«. Das habe ich versucht zu sein: eine verflixte Nummer. Heute ist mein Leben banal… wenn du sehen würdest, wer ich wirklich bin!

Die Älteren waren nicht mehr da, doch sie waren noch gegenwärtiger als vorher. Ihr wart ihrer Zukunft zugewandt. Ob Hochzeiten, Wohnungseinrichtungen, Berufsleben, ihr mischtet euch in alles ein, sie fragten euch um Rat, lauerten auf eure Zustimmung. Ihr verlort nie ein böses Wort über ihre Ehepartner. Aber auch kein freundliches. Ihr wart der Ansicht, zur Familie Delbast zu gehören, sei für die Partner ein Privileg, ein Aufstieg. Die Schwiegertöchter respektierten Mama und fürchteten dich, die Schwiegersöhne bemühten sich, auf der Höhe zu sein, sie lasen die gleichen Zeitungen wie du, hörten sich kopfnickend deine Analysen an, du warst der Mann mit Erfahrung, an dem man nicht vorbeikam.

Deine Schwäche hast du verborgen.

Deine Schwäche, das waren deine Alpträume.

Die Migränen des alten Soldaten.

Das war Mama, die ich hörte, wenn sie dir eine gute Nacht wünschte und dir sagte, daß sie dich liebe.

Mein Vater. Stark und schwach. Autoritär und liebend. Die Älteren sahen dich nicht so. Sie hatten nicht wie ich einen alternden Vater gehabt, sie waren nie bei Tisch zu dritt gewesen… aber vielleicht waren sie es, die dir deine Energie gegeben haben. Meine belanglose Gegenwart allein konnte deinen Verfall nicht aufhalten.

Und dann kamen die Enkelkinder. Patrice war der erste, der ein Baby hatte, und weil er immer alles gut macht, fing er mit einem Sohn an. Ein Jahr darauf hatte er ein zweites. Kinder machte man, wie du dich ausdrücktest, »in Serie«. Sie sollten kurz nacheinander kommen, und der Älteste sollte innerhalb der ersten zwei Jahre nach der Hochzeit geboren werden. Spätestens. Ich gehörte nicht zu eurer Serie.

Als Patrice und Micheline mit ihren Babys zu uns kamen, hieß es: »Da kommt Familie Patrice«, denn die Frau nahm nicht nur den Familiennamen ihres Mannes an, sondern bei uns wurde ihr auch noch der Vorname übergestülpt. Oft hörte ich: »Wie geht's bei den Jacques?«, »Sonntag kommt Familie Patrice«. Der Delbast-Clan, der »Stamm«, wie du uns nanntest.

Ich habe gelitten, als das erste Enkelkind kam. Jetzt

war ich nicht mal mehr die letzte, es kam noch was nach mir, ich war kein Abschluß, ich war nur ein Übergang. Mama und du, ihr wart völlig vernarrt in dieses Kind. Als wär es das erste in eurem Leben. Mama wurde zärtlich, und du gabst ihm sogar das Fläschchen! Allerdings habe ich dich seitdem immer so erlebt, gerührt über die Neugeborenen, die ganz Kleinen. Wesen ohne eigenen Standpunkt, alles nur Blicke und Zärtlichkeiten. Zwischen ihnen und dir klappt es mit der Kommunikation.

Selbstverständlich wird kein Baby je über die Schwelle des Altersheims kommen. Dieser Ort erkennt dem Leben nur ein einziges Alter zu.

Ich bin schon achtzehn, als du nachts heimlich aufstehst. Du bist achtundsechzig, du praktizierst nicht mehr, kein Patient weckt dich, deine Nächte sind scheinbar ruhig.

Du wirst alt. Der Arzt findet dich zu dick, du hast zu viel Cholesterin, du mußt eine Diät befolgen. Mama verabreicht sie – verabreicht sie dir – streng nach Vorschrift. Sie rationiert, du bittest und bettelst, sie bleibt hart. Euer Verhältnis kehrt sich bereits um, unmerklich wirst du zum kleinen Jungen deiner Frau, sie gewinnt Macht über dich, sie überwacht dich, du murrst nicht.

Aber du hast Hunger.

Nachts stehst du auf. Du öffnest den Kühlschrank und setzt dich an den Tisch: Milch, Joghurt, eine Scheibe Brot, du läßt es dir schmecken. Es endet immer damit, daß Mama es merkt. Es endet immer damit, daß sie aufwacht, zu dir in die Küche kommt und alles wieder in den Kühlschrank stellt. Sie spricht im Tonfall des Bedauerns, sie schimpft mit dir, leise, aber bestimmt, und du legst dich wieder hin.

Eines Nachts bin ich es, die dich ertappt. Vor ihr. Über deine Milchschüssel gebeugt, trinkst du im Halbdunkel und versuchst dabei so wenig Geräusche wie möglich zu machen. Ich setze mich neben dich, ich habe keinen Hunger. Aber ich esse. Jetzt hat nicht mehr sie das Sagen.

1968 hat mir geholfen, erwachsen zu werden. Ich wußte nicht, daß wir so viele waren, die mit gesenktem Kopf lebten. Lust hatten. Auf Leben. Auf Liebe. Auf Umsturz. Auf Ungehorsam.

Ich demonstrierte. Ich nahm das Mikrofon, meine Stimme ertönte… und endlich sprach ich nicht mehr so wie du.

Der Mai 68 hat mich gerettet.

Du dagegen hast geweint. Als die Studenten die Veteranen des Ersten Weltkriegs als Trottel bezeichneten.

Du hattest für Kinder gekämpft, die dir voller Übermut und Lebenslust ins Gesicht spuckten. Das war deine zweite Niederlage nach Emiles Tod. Und diese kam unvorhergesehen.

Es tat mir leid für dich, aber ich vermied es, daran zu denken. Erst später, als ich deine Briefe las, habe ich mich über deine geopferte Jugend gebeugt, später, weil du so alt geworden warst, weil nun du es warst, der den Kopf senkte und die Arme ausstreckte.

Deine Briefe.

Deine zusammenhanglosen Erinnerungen.

Du erzählst nichts von den Kämpfen. Es geht nicht um vier Jahre Strategie. Es geht um vier Jahre Einzelheiten, die mal entsetzlich sind, mal völlig unbedeutend: die Petroleumlampen, der Schnurrbart, »um nicht im Arrest zu landen«, das Bedürfnis, die Stiefel auszuziehen, die Tricks und Finten, um an der Impfung vorbeizukommen, die Postverzögerungen, die Geldprobleme, die Hoffnung auf Frieden, die Prüfungen, die Artilleriekurse, die Kälte an den Händen, daß man heulen muß, das Warten auf Frieden, die Arbeiten in den Schützengräben nach einem Vierzig-Kilometer-Marsch, die Hoffnung auf Urlaub, die Nachtwachen, allein, bei minus zwanzig Grad, das Trübsalblasen ohne Ende, die Hoffnung auf Urlaub, das Flicken und Stopfen, die Granate, die beim Nachbartrupp einschlägt, der Tod des Postoffiziers, die Lügen der Zeitungen, das Warten auf den Urlaub, die kostenlose Beinprothese, die vorschriftsmäßige Unterhose, fünf Tage Regen, die Erkältung, der Hagel, der Schnee, die Milch, die fehlt, um nach so viel Erdefressen den Körper von innen zu reinigen, die Leichen, die weggebracht werden müssen, die Angst, daß man erschossen wird, während man seine Notdurft verrichtet, der Schnaps, zwei Wochen ohne Schlaf, der Aufschub des Urlaubs, das Chinin, die vertraulichen Hinweise auf Frieden, im Wasser bis zum Arsch, die Zensur, die Kolik, das Wismut, die Schokolade, der gestrichene Urlaub, die Märsche nach siebenundvierzig Tagen Schützengraben, der ständig dröhnende Schädel, die reparaturbedürftigen Galoschen, das Weißbrot und die warme Milch, die Wäsche, die Begegnung mit jungen Burschen aus der Heimat, die Verwundung vor Verdun, der Tod des Freundes, die Einquartierung, das Truppenlager, das Ölzeug von Michelin, die Amerikaner und ihre Fotoapparate, die Hoffnung auf Frieden, das heilende Medium, das Sichwaschen mit Eiszapfen, der Hunger, fünfzehn Kilometer marschieren im Schnee, die Hoffnung auf Urlaub, die Pionierarbeiten, die Straßenbahnen in Nancy, das nächtliche Umherirren auf dem Rückweg aus einem Dorf, die Päckchen, die verbrannten Briefe, das von Autofahrern erbettelte Brot, der versprochene Friede, der Selbstmord eines Frontkämpfers aus dem Ersten Weltkrieg, der Priester namens Krieg, Pater Laguerre, die Ausbildung am Maschinengewehr, das Menu vom 14. Juli, die unter der Feuchtigkeit leidende Armbanduhr, der Urlaub in vierzehn Tagen, ein Bad, eine Beichte in einem Weizenfeld, im Schlamm bis an die Hosentaschen, die ewigen »zuverlässigen Informationen«, der gestrichene Urlaub, der Sold im Schützengraben: sieben Francs, eine Kathedrale in Ruinen, der dezimierte Trupp, Romane, ein Paar Leinenschuhe, der in die Ferne gerückte Friede, das Blumenpflücken für den Schmuck der Kirche, die Fieberpusteln und die Jodtinktur, schlechte Stimmung, weil schönes Wetter ist, eine Augenverletzung durch einen spanischen Reiter, das Gas, die Verlegung ins Lazarett, das Bluthusten, der Belag im Mund, die Soldatenpatin, der Mordsspaß mit einem Burschen aus dem tiefsten Süden, ein Magen-Darm-Katarrh, die Weigerung, einen Boche auf seinem Lauschposten aufzuspüren, die mörderischen Abgeordneten, die Graphologie, die Vorträge über das leichte Maschinengewehr, das Ungeziefer, das Kino, die Mitternachtsmesse, die gekräuselten Bärte, die Amerikanerinnen, die Weihnachtsbäume für die Kinder in den zurückeroberten Dörfern, das Theater.

Kein Urlaub. Der Friede.

Die Rückkehr ohne deinen Bruder.

Den Lebensweg der Eltern kreuzt man nur. Man teilt einen Lebensabschnitt mit ihnen, man geht fort, und schließlich erinnert man sich und denkt an sie zurück.

Es ist ein Privileg, dich alt werden zu sehen. Ein Schmerz und ein Privileg. Auch das ist Leben, dieses leise, leidvolle Dahinschwinden und Vergehen.

Ich bin zu spät in dein Leben getreten, aber ich werde dasein bis zum Schluß.

Du siehst mich zusammen mit Agathe. Zwei ist eine gute Zahl, da kommt man nicht durcheinander. Die anderen, die Älteren, haben zu fünft zwanzig Kinder und achtundfünfzig Enkelkinder. Du könntest sie nicht mal mit Namen nennen.

Sie haben Wert darauf gelegt, letzten Februar deinen hundertsten Geburtstag zu feiern. Sie hatten ihre Fotoapparate und Camcorder dabei, sie hatten Reden geschrieben. Es war schwierig gewesen, ein Datum zu finden, man hätte es machen sollen wie bei einer Beerdigung, aufs Geratewohl eins festsetzen und dabei bleiben. Patrice und Micheline spielten die Unentbehrlichen: Sie organisierten alles auf ihrem Anwesen in der Normandie. Es gab ein großes Buffet vom besten Wirt in Honfleur, alle Kinder haben sich die Rechnung geteilt, ich hatte dafür gespart.

Wir haben ein großes Fest gefeiert. Bei dem du nicht dabeiwarst. Du hattest am Abend davor Koliken bekommen. Es kam nicht in Frage, dich aus dem Bett zu holen. Es kam auch nicht in Frage, die Petits-fours wegzuwerfen. Wir haben auf dich angestoßen. Wir haben unsere Reden gehalten und Trinksprüche formuliert. Ich habe die Auszüge aus deinen Briefen vorgelesen, in denen von Träumen die Rede ist. Das kam nicht gut an. Marie sagte zu mir: »Im Krieg hat Papa nicht geträumt, da hat er gekämpft.« Micheline erklärte ihren Enkelkindern, man dürfe niemals einen Satz aus dem Zusammenhang reißen, du seist ein großer Held gewesen, dir hätten wir es zu verdanken, daß wir alle Französisch sprächen, selbst die Leute im Osten mit ihrem komischen Akzent. Ihre Mühe war umsonst, die Enkelkinder hatten bei den Reden gar nicht zugehört. Es gab auch eine Messe. Im Freien. »Sehr nett«, sagten die liberaler Eingestellten. Seit über dreißig Jahren hatte ich keine Choräle mehr gehört. Es waren die gleichen wie früher. Die Choräle haben mich gerührt. Aber wozu einer Zeit nachweinen, in der ich nicht glücklich war?

Christophe ist sehr alt geworden, man könnte ihn für deinen Bruder halten. Vor kurzem hat er seinen Freund Paul wiedergesehen, Elisabeths Sohn. Der lebt seit fünfzehn Jahren mit einem Mann zusammen. Sein Vater ist schon vor zwanzig Jahren durch einen Treppensturz zu Tode gekommen. Er hatte allein in dem großen Haus von früher gewohnt.

Die Häuser überleben uns.

Das Haus meiner Kindheit ist in gutem Zustand. Ich hatte mir eingebildet, ich dächte nicht mehr daran, ich wußte, daß es in der Nähe war, aber ich bin nie hingegangen, habe es auch Agathe nie gezeigt. Vor nicht allzu langer Zeit habe ich es dann doch wiedergesehen. Ich war ohne jeden Grund hingegangen, einer plötzlichen Anwandlung folgend.

Es kam mir kleiner vor, auch der Garten. Es ist ein biederer, zweckmäßiger Garten. Dort wird sicher Kaffee getrunken… welke Blätter gibt es nicht mehr zu verbrennen.

Seine Kindheit wird man nicht los. Als ich wieder zu Hause war, bekam ich eine heftige Migräne mit Sehstörungen. Ich sah nichts mehr, ich habe mich im Dunkeln hingelegt, wie du mit deiner Soldatenmigräne, wie du vor deinem hundertsten Geburtstag.

Ich hatte dir ein Stück von deiner Geburtstagstorte mit der Zahl »100« obendrauf mitgebracht. Das Stück war zu klein für die drei Kerzen, ich habe sie nicht angezündet. Du hast den Kuchen gegessen.

Ich habe ein Foto gemacht.

Bald wirst du es sein, der langsam ins Meer hineingeht.

Ich hoffe, daß es euch aufzunehmen weiß, dich und dein Jahrhundert, daß es dich ganz und gar aufnimmt, vom kleinen Louis bis zum alten Louis, ohne ein einziges Datum zu vergessen.

Ich werde dasein, wie du es für mich gewesen bist, aber ich werde nicht hineinspringen, um dich zu retten.